Klaus Märkert

Wie wir leuchten im Dunkeln, geben wir so verdammt gute Ziele ab

© 2017 eygennutz Verlag, Hamm;
Klaus Märkert, Bochum
Umschlaggestaltung: Volker Dornemann
(www.facebook.com/DukeMacAbre)
Coverfoto: Claudia B.
Deutsche Erstausgabe
1. Auflage
Herstellung: Jelgavas Tipografija, Jelgava

ISBN: 978-3-946643-06-7

www.eygennutz-verlag.de

Für Claudia

Inhalt:

Intro	9
Tot sein – Kind sein	10
Herbst sein	18
Soldat sein	24
Stimmen I	31
Tot sein II	32
Herbst sein II	45
Stimmen II	49
Kind sein II	50
Crazy thing called love	57
Soldat sein II	66
Herbst sein III	81
Kind sein III	89
Tot sein III	96
Stimmen III	99
Crazy thing called love II	100
Kind sein IV	107
Hartz sein	116

Hartz sein II	118
Hartz sein III	126
Soldat sein III	129
Stimmen IV	139
Herbst sein IV	140
Crazy thing called love III	151
Stimmen V	161
Tot sein IV	162
Herbst sein V	173
Crazy thing called love IV	178
Herbst sein VI – Tot sein V	180
Soldat sein V	184
Stimmen VI	211
Herbst sein VII/Outro	212
Bonus: Neulich in der Disko	214

Intro

Ganz am Ende
verliert selbst das schwärzeste Schwarz
all das, was eine Farbe gewöhnlich ausmacht
und wird zum Eigentlichen,
zum lichtlosen Nichts.

Kind sein – tot sein

Die Tragik des Sterbens.
Und dann erst der Tod.
Er selbst ...
Als Kind, da weiß man nichts von diesen Dingen. Da denkt man, das findet in deinem Universum nicht statt, jedenfalls nicht zeitnah, weder heute noch nächstes Jahr, und viel weiter dachte ich als Kind sowieso nicht, nur von einem Geburtstag zum anderen und daran, dass etwa auf halber Strecke Weihnachten lag ...

Mein erster Toter war Onkel Otto. Das passierte um Ostern herum. Auch ein Posten auf der Jahresstrecke, aber längst nicht so bedeutend wie Weihnachten, und zeitweise kam die Osterzeit in Begleitung eines unerfreulichen Ereignisses, gab es doch Jahre, in denen im April das Schuljahr endete und Zeugnisse verteilt wurden.

Ich war nahezu acht Jahre alt, mein Lieblingssong hieß – wie all die Zeit zuvor auch schon – Der Mond Ist Aufgegangen, und von Anfang Mai bis Ende September musste ich kurze Hosen tragen, jedes Jahr aufs Neue, selbst die mehr als alberne Lederhose, die ganz besonders häufig, denn die brauchte nicht gewaschen zu werden. Von Sportbekleidung wie Turn- und Badehosen einmal abgesehen, mochte ich kurze Hosen nicht und glaubte, die wären nur erfunden worden, damit die Sommerferien auch etwas Schreckliches hatten und eben nicht nur aus Schulfrei, Sonne, Eis essen, und schwimmen gehen bestanden.

Onkel Otto starb Ende April. Ich war nicht unmittelbar dabei, als er für immer alle Viere von sich streckte. Erst ein paar Tage später sah ich ihn in der Leichenhalle oder Trauerhalle, was wusste ich schon, welches da die korrekte Bezeichnung war. Onkel Otto lag wie auf unecht gemacht in seinem Sarg, und wer Lust hatte, konnte ihn noch mal angucken, ehe der Deckel für alle Ewigkeit heruntergeklappt wurde. So war das Anfang der sechziger Jahre in Bochum auf dem Freigrafendamm. Ein Friedhof von der Größe mehrerer Fußballplätze, mit Grabsteinen darauf, so zahlreich wie die Namenschilder auf den Briefkästen von Wolkenkratzern. Es guckte allerdings nicht jeder noch mal hinein in den Sarg mit dem toten Onkel Otto darin, meine Mutter etwa, die wollte nicht, obwohl sie damals noch relativ jung war, also eigentlich genug Abstand haben musste zur Sache, aber ich glaube, sie dachte bereits in dieser Zeit, dass der Tod ansteckend wäre, dass einem beispielsweise beim In-den-Sarg-gucken etwas Ähnliches passieren mochte, wie bei den Feierlichkeiten einer Hochzeit, wenn man zu nah dran steht am Geschehen, und dann trifft einen der Brautstrauß, und man ist als nächster an der Reihe.

Ich schaute jedenfalls herunter auf den toten Onkel Otto und machte mir keinen Kopf darüber, dass mir ein letzter Blick auf den Toten etwas anhaben könnte, ich dachte nur: »Scheiße, zehn Mark weniger!«

Das waren im Jahr sogar zwanzig Mark: Weihnachten und Geburtstag. Die Verwandten, die ich sonst noch hatte, waren von Haus aus geizig oder hatten selbst nichts. Da war der Zehner von Onkel Otto schon eine Bank zum Fest, eine feste Bank sozusagen. Andererseits gab's nichts Besonderes zu berichten über Onkel Otto, den Sparkassenangestellten und Ex-SA-Mann, außer vielleicht von diesen zwei Dingen: Er hatte jahrelang eine Geliebte, obwohl er gar nicht verheiratet war. Trotzdem tönte die Verwandtschaft all die Jahre, die Ilse wäre seine Geliebte, und dabei sah die Ilse nicht einmal entfernt aus wie eine Geliebte. Sie hatte die Haare zu einem immensen Dutt zusammen geklumpt (da hätten Störche drauf brüten können!), sie trug lange, farblose Faltenröcke und ihre Blusen waren stets bis zum Hals zugeknöpft. Außerdem hatte sie eine tiefe Stimme, wie ich sie sonst nur von Männern kannte. Ich fand Tante Ilse ein wenig gruselig und hätte verdammt noch mal nicht mit ihr allein in einem kleinen Raum sitzen wollen ...

Die zweite Besonderheit in Verbindung mit Onkel Otto betraf, oder besser: traf mich selbst. Es handelte sich um drei Ohrfeigen, die ich ein Jahr zuvor von ihm kassiert hatte. Einfach so, beim gemeinsamen Fernsehen, ohne dass ich einen erkennbaren Grund geliefert hatte. Womöglich geschah das nur, weil er selbst keine Kinder hatte und ausprobieren wollte, wie das ist, so ein Kind zu ohrfeigen. Das war Anfang der sechziger Jahre sowieso nichts von Bedeutung, genau wie Katzen ertränken, wenn sie sich zu heftig vermehrt hatten, und man nicht wusste, wohin mit dem ganzen Nachwuchs. Onkel Otto hatte einen ordentlichen

Schlag drauf und die fünf Finger seiner rechten Hand – er war Rechtsausleger – hatten rote Spuren hinterlassen auf meiner rechten wie linken Wange. Die rechte, auf der zwei Schläge gelandet waren, fühlte sich an wie tot, erschlagen. Da hätte der Zahnarzt sofort losbohren können, ganz ohne Betäubung, die es aber damals ohnehin nicht gab. Ich fragte meinen Vater, der dabei saß, direkt im Anschluss an die drei Ohrfeigen von Onkel Otto nach einer Schmerztablette und bekam noch eine Zugabe von ihm, und zwar links, und dann war diese Backe auch bereit für den Zahnarztbohrer.

Unser Zahnarzt, das war ein Riese von einem Meter und neunundneunzig. »Unter zwei Meter«, sagte Doktor Farian einmal zu meinem Vater, »groß schon, aber noch unter zwei Meter.« Das wiederholte er sogar, und er sprach die Worte mit einer extra Portion an Betonung, so als wäre es von enormer Wichtigkeit, eine Art Beweis, weil er wohl nach seiner Einschätzung mit diesem Körperlängenmaß im öffentlichen Ansehen gerade noch als Mensch durchging.

Darüber hinaus war Doktor Farian kräftig und schwer wie ein Paket, wo ein Menschenaffe drin ist oder gleich zwei, ein Menschenaffenpärchen sozusagen. Ein Paket, das niemand tragen konnte, nicht einmal Mohammed Ali, der Boxer. Ständig rot im Gesicht war er, der Doktor Farian, und er hatte buschige, zusammengewachsene Augenbrauen.

»Der ist gar kein echter Doktor«, hieß es einmal bei uns zu Hause, als ein paar Bekannte aus der

Nachbarschaft zu Besuch waren: »Der Farian ist nur Dentist.«

Das klang nicht vertrauenserweckend, ganz und gar nicht. Und dann füllte der Schulzahnarzt, dessen Namen ich gleich wieder vergessen oder verdrängt hatte, die Mängelkarte aus, natürlich erst, nachdem er mir so lange mit dem Zahnarztspiegel gegen die Zähne geklopft hatte, dass ich dachte, er spielt ein Lied auf einem Xylofon. Er spielte dieses Lied, bis mir alle Zähne wehtaten, und im Anschluss gab's also die Mängelkarte. Schon ein paar Tage später saß ich bei Doktor Farian, der nur Dentist war oder Sadist, und wurde von den Sprechstundenhilfen auf den Angriff vorbereitet. Als Doktor Farian wenig später in den Behandlungsraum kam, wusch er sich erst einmal an einem Miniwaschbecken das Blut vom Vorpatienten von den Händen. Es gab noch keine Handschuhe und auch keinen Mundschutz. Nach dem Waschvorgang kam er auf mich zu, und es wurde sogleich deutlich dunkler im Raum, jedenfalls für mich und mein Blickfeld. Der Doktor legte seine linke Hand, auf deren Rückenpartie sich erschreckenderweise fünf lockige, lange Haare befanden, auf die Armlehne und trat mit dem rechten Fuß (zum Glück war es ein Fuß und kein Pferdehuf) auf ein Pedal, welches unten am Behandlungsstuhl angebracht war. Auf diese Weise pumpte er mich mit schnellen, kleinen Tritten mitsamt Stuhl nach oben, bis ich nahe der Decke seine Behandlungshöhe erreicht hatte. Dann erst fand er zur Sprache und sagte: »Na dann wollen wir mal!«, obwohl ich zumindest nicht wollte, sondern musste, wegen der Mängelkarte vom Schulzahnarzt.

Die Schmerzen setzten bereits ein, noch ehe eine von Doktor Farians Pranken mit dem Zahnarztinstrument, das aussah wie ein Dosenöffner alter Schule, also rein mechanisch, in meinem Mund angelangt war. Doktor Farian nahm immer zuerst diesen Dosenöffner, und der war vorne spitz und zum Haken gekrümmt, und damit stieß er hinab in die Karies-Höhlen meines Mundes, und auch wenn ich nun vor Schmerz aufschrie, gab es weder eine Spritze, noch eine Tablette, nicht einmal eine Ohrfeige.

Ich bin vom Thema abgekommen ...

Onkel Otto lag tot im Sarg. In seinem Morgenmantel. Die Ilse war seit geraumer Zeit fort. Er hatte zuletzt keine Frau mehr an seiner Seite gehabt, die ihn anders hätte einkleiden können, also trug er den Morgenmantel, den er wohl auch im Krankenhaus getragen hatte, als er über die Wupper gegangen war. Längsstreifen, grau und blau. Immerhin hatte man ihm die Brille abgenommen. Vielleicht weil die Augen zu waren, obwohl, selbst wenn sie offen gestanden hätten, gesehen hätte er damit nicht mehr als Toter. Das dachte ich und ich fragte mich, wo sie hin sein mochte, die Brille, die er immer getragen hatte, diese wuchtige Hornbrille, die nun fehlte in seinem Gesicht, gleich ob die Augen zu waren oder nicht. Ich hätte sie gut gebrauchen können, die Brille, die Gläser zumindest, zum Feuermachen draußen im Park.

Ein Duplikat der Brille von Onkel Otto trug mein Vater seit immer schon, außer beim Schlafen und im Schwimmbad. Darum sah er im Schwimmbad auch irgendwie komisch aus, seine Augen hatten ohne Brille etwas glasig Krankes, als wäre zu viel vom Chlorwasser reingelaufen.

Viele Männer trugen diese Brille damals, selbst Derrick, und ich glaubte fest daran, dass es nur diese eine Brille für Männer gab und vielleicht noch die Klobrille, die man aber hochschieben musste zum Pinkeln. Womöglich hatte mein Vater die Brille vom Onkel Otto als Ersatzbrille an sich genommen.

Ich hatte große Lust, Onkel Otto anzufassen im Gesicht, seine Nase zuzuhalten oder ihm an den Ohren zu ziehen, und so beugte ich mich ein wenig nach unten, und mit einem Mal flog doch diese Fliege über mich hinweg auf die Nase von Onkel Otto und putzte sich die Flügel. Und wie ich mich noch wunderte über die Fliege, durfte ich nicht weiter reingucken in den Sarg, weil noch andere gucken wollten. Man schob mich beiseite und so konnte ich nicht mal sehen, ob die Fliege noch herausfliegen konnte, ehe der Deckel für immer runterging.

Sobald ich ein Erwachsener sein würde, würde ich ein Testament machen und in dieses Testament hineinschreiben, dass bei meiner Beerdigung unbedingt Obacht auf Insekten gegeben werden sollte. Man kann sich ja nicht wehren im Sarg, im blaugrau gestreiften Morgenmantel, und es kitzelt fürchterlich, wenn man eine Fliege auf der Nase hocken hat, und das dauert im Sarg, eine halbe Ewigkeit mindestens ...

Herbst sein (Sommer 2012)

Ein Mensch wird krank, und ein Arzt heilt. So sollte es sein. Vertrauen haben können, ist so wichtig …

Die jährliche Kontrolle beim Kardiologen steht an. Mein Herzinfarkt liegt nun schon vierundzwanzig Jahre im Gestern. Zu Beginn der Erkrankung hätte ich nicht für möglich gehalten, dass es so lange gut gehen würde, ich vierundzwanzig Jahre in einem Körper mit einem kranken Herzen würde weiterleben können. Und obwohl sich die Herzens-Dinge für mich so erfreulich entwickelt haben, ist doch über all die Jahre keine Sicherheit, nicht einmal etwas wie Zuversicht in mir gewachsen. Jedes Mal zum Zeitpunkt der Kontrolluntersuchung ist da eine unbestimmte Furcht in mir, im zurückliegenden Jahr könnte sich etwas Entscheidendes verändert haben. Zum Nachteil verändert haben. Eine chronische Krankheit gibt die Richtung vor: abwärts.

Die Untersuchung im Juni 2012 verläuft zunächst wie die Jahre zuvor. Das übliche Prozedere: Warten, bis es von Raum A nach B geht. Im überfüllten Wartezimmer. Eingezwängt auf einen schmalen Stuhl zwischen zumeist blassgesichtigen Patienten bei schlechter Raumluft. Angst macht schlechte Luft, und Angst haben beinahe alle, die im Wartezimmer eines Kardiologen sitzen und auf ihre Untersuchung warten. Keine Chance für mich, in dieser Atmosphäre lesen zu können. Also sitze ich nur da, starre die Minuten zählend vor mich hin und warte auf Blutdruck- und Pulskontrolle in Raum A, Belastungs-EKG in B, Ultraschall des Herzens in C, Abschlussgespräch mit dem Kardiologen in D. Alles läuft, so wie es immer gelaufen ist. Bis auf D ...

In den vorangegangenen Jahren wurde ich zum Abschlussgespräch vom Kardiologen in dessen persönliches Behandlungszimmer (es war frei von medizinischen Geräten) gerufen, nahm dort vorm Schreibtisch Platz, während der Kardiomann selbst hinterm Tisch saß. Er sah mich an, gestikulierte jedes Mal wild mit den Händen, auf eine Weise, die mich an meinen Erdkundelehrer erinnerte, wenn dieser mit seinen knochigen Fingern die Weltkarte traktiert hatte. Und während der Kardiomann gestikulierte und mich ansah, sagte er Dinge. Ich sah zurück, tat interessiert, nickte zu den Dingen, die er sagte. Obgleich es wenig zu nicken gab. Er äußerte sich nämlich kaum zum eigentlichen Thema, wie sich mein krankes Herz während der Untersuchung geschlagen hatte, nein, hierzu brummelte er nur ein paar Halbsätze vor sich hin, die sinngemäß ergaben, dass alles soweit unauffällig aussah.

Direkt im Anschluss outete er sich ausgiebig als Propagandafachmann und Wahlhelfer für die FDP. Erklärte mir mit schönen Worten und anhand noch schönerer Beispiele, warum ich diese Partei wählen müsse, wenn ich denn längerfristig überleben wolle. Letzteres sagte er zwar nicht direkt, aber das, was er sagte, ging in die Richtung. Ich nickte dazu und dachte mir meinen Teil. Als ich vor ein paar Jahren einmal recht gut gelaunt gewesen war, hatte ich ihm gar geantwortet: »Da ließe sich durchaus mal drüber nachdenken«, woraufhin der Kardiomann energisch entgegnet hatte: »Da braucht es kein Nachdenken, sondern nur das Kreuz an der richtigen Stelle!«

»Oder so«, hatte ich erwidert und gelächelt. Nachdem er zumindest einigermaßen überzeugt davon gewesen war, mich überzeugt zu haben, hatte er mich mit Handschlag verabschiedet. Kräftig wie einvernehmlich.

Hand drauf. FDP.

Mir kam das Politdrumherum recht komisch vor, und ich dachte auch, dass es typisch war, wenn ausgerechnet mir solche Dinge passierten, aber dann fand ich's auch wieder witzig und sagte mir: Jeder hat eine Macke, warum nicht auch ein Kardiologe, den Jahr für Jahr das Verlangen heimsucht, mir diese neoliberale Partei aufs Auge drücken zu wollen. Hauptsache war doch, ich hatte den jährlichen Herz-TÜV-Stempel, und war wieder einmal ohne große Mängel durchgekommen.

In diesem Jahr bleibt mir der Politzirkus erspart, dafür bescheinigt der Kardiologe meinem Herzen erhebliche Mängel. Und diese Bescheinigung erhalte ich nicht etwa in seinem Behandlungszimmer vor dem Schreibtisch sitzend, sondern im Stehen vorn an der Empfangstheke. Okay, ich bin der letzte Patient vor Feierabend, da geht das schon einmal, ohne dass die halbe Stadt mithören kann. Anonymität gewahrt, soweit alles im grünen Bereich, und dennoch fühle ich mich eigenartig, nicht mit der gebührenden Aufmerksamkeit behandelt, beinahe wie ein lästiger Patient, schon halb zur Praxistür herausgeschoben ... Außerdem wirkt der Kardiologe nervös und gereizt. Er gibt mir das Gefühl, etwas falsch gemacht zu haben und darum konsequenterweise diese Mängel bescheinigt zu bekommen. Anklagend bringt er hervor, ich hätte im letzten Jahr wohl vergessen, seiner Praxis meine aktuelle Telefonnummer mitzuteilen, und darum hätte man mich nicht eher erreichen können.

Erst nach und nach verstehe ich, worauf er hinaus will. Die erheblichen Mängel lassen sich nicht aus der aktuellen Untersuchung ableiten, sondern aus dem ein Jahr zuvor erstellten Langzeit-EKG, das einige Besonderheiten aufweist: Zweimal kurz vor Kammerflimmern. Bedeutet: Gefährliche Herzrhythmusstörungen. Da es ihm wegen meiner Unachtsamkeit angeblich nicht möglich gewesen sei, mich eher von dieser Veränderung meines Herzzustands in Kenntnis zu setzen, wäre nun eben das Jahr so herumgegangen. Da habe ich wohl alles in allem Glück gehabt, dass ich noch lebe!

»Und nun?«, frage ich.

»Nun«, sagte der Kardiomann, »ist es zwingend erforderlich, dass man Ihnen auf dem schnellsten Wege einen Defibrillator implantiert, der Sie im Fall des Falles, also beim nächsten Kammerflimmern, vorm plötzlichen Herztod bewahren wird.«

»Aha«, sage ich und nicke. Allerdings deutlich ratloser als in den Jahren zuvor. Ich frage mich, warum der Kardiomann nicht zumindest meine Hausärztin im Laufe des Jahres von meinem veränderten Zustand unterrichtet hat. Womöglich hat sie auch eine neue Telefonnummer, die sie ihm nicht mitgeteilt hat ...

Da ich offensichtlich einverstanden bin, verabredet der Kardiologe mit mir, einen Termin in der nächsten Woche im dafür geeigneten Krankenhaus auszumachen. Das sei nur so schnell machbar, sagt er, weil er dort gut bekannt und mein Fall eben dringlich sei.

Ich nicke wieder. Mechanisch. Denke dabei: Erst einmal zustimmend nicken, vom Krankenhaustermin zurücktreten kannst du immer noch.

Draußen vor der Tür, als die Betäubung seiner Worte nachgelassen hat, kommen mir mehrere Erklärungsansätze für die Aktion des Kardiologen in den Sinn:

Erste Variante: Das Langzeit-EKG ist ein Fake, der Kardiomann hat einen Deal mit dem Krankenhaus, in das er mich überweisen lässt. Die Verwaltung des Hauses muss dringend diesen Sommer noch ein paar Auslaufmodelle vom Defibrillator loswerden, um Platz zu schaffen für die neue Herbstkollektion.

Zweite Variante: Der Kardiologe hat erfahren, dass ich in den letzten Jahren beständig die Linkspartei gewählt habe und will sich auf diese Weise an mir rächen.

Dritte Variante: Alles ist echt, und ich bin quasi schon halb tot. Kann jedenfalls vom letzten Jahr an jeden Moment gestorben sein oder sterben.

Ich brauche eine zweite Meinung, das steht fest. Und die hole ich mir ein. Ich lasse mir eine Kopie vom Langzeit-EKG aushändigen, maile das Resultat einem über zwei Ecken bekannten Kardiologen aus einer Nachbarstadt Bochums und bekomme von diesem den Rat, im Krankenhaus auf eine genauere Abklärung zu drängen, ehe ich mich auf die Implantation des Maschinchens einlassen soll.

Das ist wirklich gut gemeint und gut gesagt. Der Doofe, der das umsetzen muss, werde ich sein, der Patient. Der Kassenpatient. Einer unter Hunderten. Dazu ohne besondere Kenntnisse, ein medizinischer Laie, mühelos abzustempeln als Verschwörungstheoretiker, einer, der mit seinen wirren Verdächtigungen Unfrieden stiften und alles verkomplizieren wird. Ein Querulant, dem wohl nicht bewusst zu sein scheint, dass es doch einzig und allein um sein Weiterleben geht. Nichts anderes beabsichtigt solch ein Defibrillator, dazu ist er schließlich konstruiert worden. Was soll demnach dieses Misstrauen? Selbst im Zweifelsfall spricht doch wohl alles für die Implantation. Je mehr ich über meine Situation nachdenke, desto deutlicher wird mir meine Chancenlosigkeit, die bevorstehende Implantation verhindern zu können. Macht es da überhaupt Sinn, meine Bedenken vorzubringen? Wenn ich tatsächlich auf eine gezielte Kontrolluntersuchung bestehe, werde ich mir womöglich den Unmut des dortigen Ärzteteams zuziehen. Und die Frage bleibt, ob sich die Krankenhausärzte überhaupt etwas von meinen Zweifeln annehmen werden. Vielleicht wird es am Ende ganz lapidar heißen: »Gut, ganz wie Sie wünschen, es geht ja um Ihr Leben, dann eben nicht!«

Soldat sein (1974)

Uniformen, Stiefel, Gewehre, Panzer, Krieg und Tod. Ich war dabei. Wie konnte das angehen? Und darüber hinaus: Was machte das für einen Eindruck? Als hätte ich zu diesen Dingen irgendwann einmal JAWOHL gerufen. Oder zumindest genickt, die entscheidende Willensfrage gedankenlos abgenickt. Sollte es so gewesen sein, dürfte ich mich nicht beschweren, müsste mir sagen, schön blöd von dir, eine solch entscheidende Frage abgenickt zu haben. Aber ich hatte ja nicht. Kein Jawohl, kein Kopfnicken. Nur bei der Musterung war ich gewesen. Der Musterung war eine Aufforderung vorausgegangen. Durchaus freundlich formuliert. Hätte auch eine Einladung sein können. Jedenfalls nichts augenscheinlich Bedrohliches. Und diese Musterung hatte ein Jahr zuvor stattgefunden. Da war die Angelegenheit selbst noch vage Zukunft gewesen. Wurde auch weiter gar nicht erwähnt während der Musterung. Dort lief nur eine Untersuchung, mehr nicht. Außerdem sahen die Leute vom Kreiswehrersatzamt nicht entfernt so aus, als hätten sie etwas mit dem Soldatenleben zu tun. Also kein bisschen militärisch. Eher schon wie ein Trupp in die Jahre gekommener städtischer Angestellter. Auf stumpfe Weise gemütliche bis gelangweilte Bürohengste eben. Hatte noch nie zuvor so viele in die Jahre gekommene Bürohengste auf einem Haufen gesehen.

Nach den medizinischen Untersuchungen, die aus Puls- und Blutdruckmessung, ein paar Kniebeugen, Hör- und Sehtest bestanden, musste ich strippen. Ausziehen bis zur Unterhose, und damit noch nicht genug Nacktheit, wurde selbst in den Schlüpfer noch fachmännisch hineingeschaut. Dabei wurde der Gummizug zurückgezogen und der Chefarzt der Bürohengste überprüfte, ob bei mir auch alles vorhanden war, was zum Mann zwingend dazugehörte. Im Anschluss gab's noch ein paar Tests zur Überprüfung der Intelligenz. Reaktionstests und einige Fragebögen beantworten. Nichts Wildes. Ein bisschen Grammatik, Dreisatzberechnungen und Kreise malen. Das war's schon.

Zunächst jedenfalls. Als ich kaum noch daran dachte, erhielt ich Anfang September den Einberufungsbescheid: Einrücken zum 2. Oktober. Der Einsatzort: Weingarten am Bodensee.

Ich nahm den Diercke-Weltatlas zur Hand, der mir während der Schulzeit mehr als Waffe denn als Nachschlagewerk gedient hatte, und fand heraus, dass es sich dabei um eine langweilige Kleinstadt mit etwa zwanzigtausend Einwohnern handelte, die sich ganz in der Nähe von Ravensburg befand. Landschaftlich gesehen eine ansprechende Gegend, zumindest für den Familienurlaub. Wenn man darauf steht. Auf diesen Overkill an Grün und Braun um einen See herum. Ich war mal als Kind mit meinen Eltern ganz in der Nähe gewesen, in Lindau am Bodensee. Nichts von Bedeutung, und doch gab es noch weit langweiligere Urlaubsorte, das Sauerland etwa, die Eifel oder Dreiviertel Österreich.

Warum nur wurde ich, der Bochumer, ein Ruhrgebietsmensch, zur Ableistung meiner Wehrpflicht zum Bodensee befohlen, fragte ich mich. Weingarten, das lag immerhin knappe sechshundertfünfzig Kilometer von Bochum entfernt. Da wirkte der Einberufungsbescheid wie eine Strafversetzung. Und es gab keinen Grund, war es doch gar nicht möglich, dass ich mir schon etwas hatte zuschulden kommen lassen.

Bodensee, dachte ich vor mich hin, B o d e n s e e …

Es ging in der Angelegenheit doch wohl nicht um einen Posten bei der Marine. Da hätte ich mich glatt geweigert. Einen auf Matrose zu machen. Allein die Uniformen der Matrosen, dieses grenzenlose Weiß und das doofe Marineblau dazu und die Kopfbedeckung mit den Bändchen, das fand ich albern hoch zehn!

Ich konnte aufatmen. Laut Einberufungsbescheid handelte es sich um eine Fernmeldeeinheit. Funker sollte ich werden. Das klang auf jeden Fall besser als Matrose und deutlich angenehmer als Pionier, Feldjäger oder Panzergrenadier.

Die restliche Zeit als Zivilist ging bedeutungslos herum. Wenige Tage vorm Start ins Soldatenleben weilte ich beim Friseur: einmal Bundeswehrhaarschnitt. Ich ging davon aus, dass es klug sein würde, die Haare vorher abschneiden zu lassen, um von vornherein nicht groß aufzufallen als Langhaar-Fan.

Nach dem Friseurbesuch tat sich auf meinem Kopf nichts mehr, es bewegte sich nicht ein Haar, nicht einmal, wenn der Wind über meinen Kopf blies. Meinen Eltern gefiel der neue Haarschnitt, der ja endlich mal einer war, genaugenommen seit den Kindertagen der erste Haarschnitt überhaupt. Dieser Meinung waren neben meinen Eltern auch alle übrigen Verwandten. Und meine Freundin Christa, mit der ich bis dahin knappe zwei Monate zusammen war, sagte lächelnd: »So schlimm sieht es gar nicht aus.«

Das fand ich auch nicht gerade beruhigend.

Um sieben Uhr am Morgen des 2. Oktober 1974 machte ich mich auf die Fahrt Richtung Bodensee. Mit dem Auto. Meinem dreizehn Jahre alten Ford12M. Es wurde eine Höllenfahrt. Schon, weil das Ziel derart unattraktiv war, aber eben auch, weil etwa auf halber Strecke der Auto-Kassettenrekorder anfing zu leiern. Das Leiern begann bei dem Song We Love You von den Rolling Stones, jenes Lied, welches die Stones als Abschied für ihre Fans aufgenommen hatten, kurz bevor sie wegen irgendwelcher Drogendelikte in den Knast mussten. Nach acht Stunden on the road war ich in der Kaserne angekommen. Außer mir und einem Gelsenkirchener befanden sich nur Schwaben und Bayern vor Ort.

Mir wurde die Unterkunft gezeigt. Trostloses Ergebnis: Sechs Mann mussten sich ein einziges Zimmer teilen. Geschlafen wurde in Übereinanderbetten wie in der Jugendherberge. Jeder Soldat erhielt ein Bett, einen Spind und einen Stuhl, mehr an Mobiliar gab es nicht. Es war verdammt eng im

Zimmer. So musste sich Schneewittchen gefühlt haben, als sie bei den sieben Zwergen einzog ...

Der Abend war gekommen, mein erster in Weingarten am Bodensee. Die Nacht trat hinzu und mit ihr ein aus mehreren Kehlen ausgestoßenes Schnarchen. Dazu noch der Gestank nach Schweißfüßen. Unfassbar!

Am Tag darauf nahmen all die schwachsinnigen Unternehmungen ihren Anfang: Zunächst standen Formalitäten aller Art, in erster Linie Anträge ausfüllen, auf dem Programm. Dann ging's zur Kleiderkammer. Da wurde nicht lang gefackelt. Kein Anprobieren oder Diskutieren. Ein Blick vom Kleiderkammerbediensteten und schon hieß es: Passt! Der Nächste bitte!

Einmal in Uniform wurde das Marschieren eingeübt, das Antreten, alles in Reih und Glied, das Stillgestanden, dazu je nach Befehlsgeschrei links oder rechts herum, dann wieder im Gleichschritt Marsch! Die Augen hin und her und auch mal einfach nur geradeaus. All dieses wirre Zeug nannte sich Formalausbildung und wurde immerfort trainiert, obgleich ich mir nicht vorstellen konnte, wozu das im Ernstfall gebraucht würde. Den Feind interessierte es eher nicht, und für wen sonst sollte man das Affentheater lernen? Doch wohl für den Feind. Im Augenblick für den Russen. Und weiß der Teufel, für wen sonst noch. Auf dass man ihm, dem Feind, im Kriegsfall überlegen war, weil man fix links um machen konnte, oder zack, zack die Augen geradeaus. Hatte allerdings nichts genützt in den Vierzigern bei Stalingrad. Vielleicht hatten

Adolf und seine Schergen vor lauter Heilsgeschrei auf Derartiges noch keinen Wert gelegt damals und deshalb den Krieg vergeigt ...

Die erste Woche ließ man uns in Ruhe damit. Darum sah jeder vierte Soldat unterm Stahlhelm noch aus wie ein Hippie. Nach dem Wochenende folgte der erste Haarappell. Das machte der Hauptfeldwebel persönlich. War wohl eine Art berufliches Highlight für den Mann. Der Hauptfeldwebel hatte jedenfalls beste Laune, grinste pausenlos vor sich hin und alle Hippie-Soldaten wurden auf der Stelle zum Kasernencutter geschickt, von dem es hieß, er hätte auch schon manches Ohr mit abgeschnitten.

Ich kam durch.

Noch.

Mein Hals sei deutlich zu lang, brüllte der Hauptfeldwebel, da könnten die Haare im Nacken relativ ungehemmt drauflos wachsen, aber nicht mit ihm, er hätte da zukünftig ein besonders wachsames Auge drauf, er habe nämlich absolut nichts übrig für Giraffen.

Sehr witzig, der Herr Hauptfeldwebel, der nach Schnaps stank, selbst wenn er mir nur in den Nacken atmete. Er stank wie unser Zugführer. Der war wohl Anfang vierzig und dabei so drahtig wie rothaarig. War früher als Möbelpacker unterwegs gewesen und bekleidete seit ein paar Jahren dank der Karriereleiter Bundeswehr den Posten eines Oberfeldwebels und Zugführers. Das klang in meinen Ohren mindestens genauso albern wie Möbelpacker, hatte aber in der Kasernenwirklichkeit ein komplett anderes Standing und vor allem andere Auswirkungen. Den Hass, den der Oberfeldwebel auf all die Kühlschränke und Waschmaschinen, Kommoden und Kleiderschränke während des jahrelangen Schleppens die unzähligen Treppenungeheuer hinauf angesammelt haben musste, konnte er nun hemmungslos an seinen Soldaten auslassen. Und weiß Gott, das tat er ...

Diese Stimmen den lieben langen Tag, dieses Geschrei. Schon am frühen Morgen. Ich musste all die Zeit an den Song Child In Time von Deep Purple denken, bei dem sich im letzten Drittel des Songs Ian Gillan, der Sänger, mit einem Mal daran machte, ganz übertrieben loszuschreien. Da hätte man den Song doch besser vorher enden lassen. Manch einer und eine aus meinem Freundes- und Bekanntenkreis hatten gar Klammerblues getanzt zu dem Song, und das auch noch gegen Ende des Songs, wenn Ian Gillan zum schrill anschwellenden Orgelsound des Keyboarders minutenlang Ahahahahaha rief.

Ich allerdings nicht. Ich hatte niemals zu Child In Time getanzt. Da waren mir andere Songs lieber. Nights In White Satin von den Moody Blues etwa oder A Whiter Shade Of Pale von Procol Harum. Wenn ich es mir recht überlege, mag ich sowieso keine Songs mit übermäßig hinausgezögertem Ende, wie das auch bei Hey Jude von den Beatles mit dem minutenlangen Na-Na-Na-Nananana-Singsang der Fall ist oder beim nicht minder endlosen Lalalalala-Finale in Hot Love von T. Rex.

Stimmen I

Vater sagt, dass er manchmal diesen Traum gehabt hätte. Er wäre auf dem Klo gesessen, um ein größeres Geschäft zu verrichten (so hat er sich immer ausgedrückt, wenn er kacken musste), und da wäre mit einem Mal die Tür aufgegangen, und ich wäre hereingestürmt gekommen in Begleitung einiger Freunde und Freundinnen, und wir hätten mit den Fingern auf ihn gezeigt und ihn ausgelacht.

Tot sein II (2000)

Asche auf mein Haupt, dass ich überhaupt so etwas denken kann, auf jeden Fall war das Todesjahr meines Vaters ein gutes. Er starb im Sommer 2000. Da ließ sich auch für den im Subtrahieren Ungeübten leicht ausrechnen, wie alt er geworden war ...

Es war ein Tag im Juli. Ein heißer Tag. Fünfunddreißig Grad im Schatten. Gegen siebzehn Uhr klingelte das Telefon. Meine Mutter rief an und sagte: »Ich glaube, Vater ist gerade gestorben.«

Fünf Minuten zuvor hatte ich eine Pizza Hawaii in den Backofen geschoben. Die Pizza war also nicht einmal halb fertig. Die Vorfreude auf die Pizza ignorierend schaltete ich den Ofen aus und fuhr los. Zwanzig Minuten später traf ich vor dem Haus meiner Eltern ein. Der Notarzt war noch oder schon da, jedenfalls drehte sich das Blaulicht auf dem Krankenwagen vorm Haus, obwohl das auch nichts mehr brachte, wenn mein Vater schon gestorben war.

Und genau das hatte der Notarzt auch längst festgestellt. Gut zehn Minuten bevor ich eingetroffen war. Als ich ins Wohnzimmer kam, saß der Arzt am Esstisch, und zwar vor Kopf, genau dort, wo mein Vater immer gesessen hatte, und schrieb etwas. Er trug einen weißen Kittel und eine schwarz eingefasste Brille ohne Klemmbügel. Das hatte zwar nichts zu bedeuten, erst recht nicht in diesem Kontext, aber ich registrierte es trotzdem. Ich hatte solch eine Brille noch nicht gesehen und wunderte mich, dass sie hielt, also vom Kopf getragen wurde, ohne dass die Ohren dabei zu Hilfe genommen werden mussten. Diese Ohren wären eine gute Hilfe gewesen, denn sie waren recht groß und standen ordentlich vom Kopf ab ...

Meine Mutter hatte die Küchenschürze noch um, saß in ihrem Fernsehsessel und wirkte relativ gefasst. Wird der Schock sein, dachte ich. Nicht, weil sie die Küchenschürze noch anhatte, die trug sie ständig. Seltsam kam mir vor, dass sie derart ruhig dasaß, als wenn nichts weiter wäre ...

Der Notarzt verlangte nach dem Ausweis meines Vaters, ohne den er angeblich keinen Totenschein ausstellen durfte.

Der Ausweis befand sich normalerweise in der Brieftasche meines Vaters. In seiner Anzugjacke war dieselbe jedoch nicht, also konnte sie nur in der Gesäßtasche der Hose sein, die er gerade trug ...

Vater lag im Schlafzimmer in seinem Bett, allerdings auf dem Rücken, tot auf dem Rücken, und er hatte einen ins Gruselige tendierenden entsetzten Gesichtsausdruck, als hätte er kurz vor seinem Tod, oder auf den ersten Schritten über die Schwelle hinweg, nicht das helle Licht gesehen, sondern genau das Gegenteil ... Da liegt er also tot vor dir, dachte ich, was mir äußerst befremdlich erschien, schon, weil er gestern Nachmittag noch gelebt hatte. Ich war zu Besuch gewesen gestern Nachmittag, und da hatte er recht munter gewirkt. Ganz früher, als ich ein Kind war, hatte er sich häufig deutlich munterer gezeigt, besonders wenn es darum ging, mich und meine Geschwister zu ohrfeigen, oder uns eine Tracht Prügel zu verabreichen (ein aus der

Mode gekommener Begriff, der eine Anzahl von je nach Lust und Laune zehn bis zwanzig Schlägen auf den entblößten Po bedeutete).

An diesem heißen Nachmittag im Juli des Jahres 2000 sollte ich meinen Vater auf die Seite drehen, um ihm den Ausweis abzunehmen, weil der Notarzt den verdammten Pass brauchte. Eine solche Tat hätte mir vor Jahren die Todesstrafe eingebracht oder für den Rest der Kindheit Stubenarrest ohne Bewährung, zumindest aber einen sofortigen Zwangsaufenthalt bei seinem Lieblingsfriseur. Der hatte seinen Laden in der Nähe der Bundesknappschaft, wo mein Vater damals als Rentenfachmann arbeitete, und er war in meinen Augen ein übler Nazi-Cutter. Er hieß Schmiede oder so ähnlich und frisierte nur Männer. Wir hatten kaum Platz genommen, da faselte er gleich etwas von einem kurzen Fasson-Haarschnitt, der in der Umgangssprache auch Plätzchen-Schnitt genannt wurde. Nomen est Omen, denn man behielt nach Abschluss der Behandlung nur eine Art flaches, zugleich jedoch ordentlich gescheiteltes, plattes Haarplätzchen auf dem Kopf, während die Seiten und die Nackenpartie radikal abrasiert wurden.

Da der Schmiede-Friseur wohl nur diesen einen Haarschnitt im Repertoire hatte, außer vielleicht noch Glatze polieren, erübrigte sich jegliche Konversation. Ich wurde auf den Frisierstuhl gezwungen, bekam eine Art Krepppapier am Hemdkragen entlang um den Hals gewunden, der das herabfallende Haar hindern sollte, unters Hemd zu gelangen und auf der Haut für unangenehme Juckgefühle zu sorgen. Dazu wurde zusätzlich ein grünlich schimmernder und doch halbdurchsichtiger Umhang oder Vorhang um meinen Oberkörper drapiert, auf dem dann die allermeisten abgesäbelten Haare landeten. Nach den Vorbereitungen machte sich der Nazi-Cutter ans Werk und schnipp, schnapp war das Plätzchen auf meinem Kopf gefertigt. Zuletzt noch die Seiten mit dem Spezialgerät, eine Art Mini-Rasenmäher, von letzten Haarminiaturen befreit und glatt geschmirgelt, dann den Scheitel ziehen und fertig! – Als mein Vater und ich den Salon verließen, sah ich wieder aus wie ein normaler Junge. So hatte es jedenfalls der Nazi-Cutter behauptet. Und mein Vater hatte genickt.

Es blieb ein prägendes Erlebnis …

So griff ich mir auch in diesem Augenblick reflexartig ins Haar und spürte Erleichterung ob der Fülle, ehe ich mich dem Toten erneut zuwandte, um ihn in Seitenlage gedreht zu bekommen. Ich wunderte mich, welch enormes Gewicht mein Vater als Toter hatte, obwohl er doch ziemlich abgemagert war in den letzten Jahren. Es kostete mich jedenfalls einige Mühe, ihn so weit herumgedreht zu bekommen, dass ich in die Gesäßtasche fassen konnte. Während meiner Wendeaktion dachte ich an die möglichen Folgen, die ein Nichtauffinden des Ausweises nach sich ziehen konnte. Wenn es nicht ausreichte, dass meine Mutter und ich den Toten identifizierten, wie würde dann wohl vorgegangen? Würde der Leichnam beschlagnahmt? Würde die Mordkommission hinzugezogen werden? Würden wir anschließend verhört, ja verhaftet werden, weil ein Toter im Bett meines Vaters lag, von dem nicht hinreichend unter Beweis gestellt werden konnte, dass es sich um meinen Vater handelt?

So weit kam es nicht. Glücklicherweise befand sich die Brieftasche und mit ihr der Ausweis in der Hose meines Vaters. Es gelang mir, die Gesäßtasche zu öffnen und den Inhalt an mich zu nehmen. Wenig später hielt ich den Ausweis in der Hand und trug ihn ins Wohnzimmer, wo der Notarzt noch immer vor Kopf am Tisch saß und ungeduldig wartete.

Er schaute kurz auf den Ausweis, der noch ein gutes Jahr Gültigkeit besaß, und stellte den Totenschein aus.

Ich fragte ihn, wie es jetzt weitergehen würde, und er sagte, wir müssten einen Bestatter beauftragen, der dann auch für den Abtransport der Leiche sorgen würde.

Ich sah zu meiner Mutter, und obgleich sie noch immer recht gefasst wirkte, fragte ich den Notarzt vorsorglich nach Beruhigungstabletten. Ich ging davon aus, dass es kein großes Ding für ihn sein würde, einer älteren Frau, deren Mann vor knapp einer Stunde verstorben war, ein paar Beruhigungstabletten auszuhändigen oder zu verschreiben, aber der Notarzt schüttelte den Kopf, ohne dass die Brille verrutschte.

»Frau Märkert, sind Sie denn beunruhigt?«, richtete er stattdessen das Wort an meine Mutter.

Meine Mutter schaute erst ein wenig ratlos, schließlich nickte sie aber.

»Nun, Frau Märkert, dann schauen Sie mich einmal genau an«, sagte der Notarzt, »und passen Sie auf.« Er hatte seinen Oberkörper vorgebeugt in Richtung meiner im Sessel sitzenden Mutter, die ebenfalls ein wenig im Sitz vorgerückt war. Der Notarzt setzte nun einen betont konzentrierten Gesichtsausdruck auf. Es kam mir so vor, als würden seine Augen mitsamt Brille ein Stück weit aus seinem Gesicht heraustreten. Und während ich von meiner Beobachtung gebannt dasaß, fuhr der Notarzt die Arme aus in Richtung meiner Mutter. Seine Hände kreisten leicht, als wollte er das Kinderlied vom Fähnchen auf dem Turme anstimmen, und tatsächlich öffnete er auch die Lippen, ohne jedoch ein Lied zu singen. Er sagte stattdessen deutlich vernehmbar: »Frau Märkert, jetzt schauen Sie doch bitte einmal auf meine Hände.«

Meine Mutter tat, wie ihr geheißen.

»Sie werden jetzt ganz ruhig, Frau Märkert, gaaaanz ruhig, gaaaaaaaaanz ruhhhhhhig, RUHIG!«

Zum Schluss, also das Schlusswort seiner Zauberformel, posaunte er in dreifacher Lautstärke, sodass selbst ich, an den die Formel gar nicht gerichtet war, beruhigt zusammenzuckte.

»Und, Frau Märkert? Was sagen Sie, hat es gewirkt?«

Das Unglaubliche trat ein. Meine Mutter bejahte.

»Na sehen Sie, es geht auch ohne Tabletten«, sagte der Notarzt in meine Richtung gewandt.

Ich war zu überrascht von seiner Vorgehensweise, um reagieren zu können. Bei aller Anerkennung des spontanen Erfolgs seiner Methode, stellte sich doch die Frage, ob er später am Abend oder auch in der Nacht noch einmal vorbeikommen konnte, um die Behandlung gegebenenfalls zu wiederholen ...

Der Notarzt verabschiedete sich jedenfalls, ohne ein weiteres Wort zur Wirkdauer seiner Beruhigungsanwendung hinzuzufügen und verließ mit den Sanitätern das Haus.

Ich rief den Bestatter an, der seinen Betrieb ganz in der Nähe hatte. Er kam schon kurz darauf mit Trägern, Leichenwagen und Katalog. Mein Vater verschwand in einem himmelblauen Plastiksack mit Reißverschluss. Ich fragte mich, ob es für die tote Frau wohl einen rosafarbenen geben würde, sagte aber nichts.

Der Bestatter hatte inzwischen am Wohnzimmertisch Platz genommen, und zwar ebenfalls auf dem angestammten Stuhl meines Vaters. Er hielt den Kopf gesenkt und blätterte in seinem Katalog. Während er blätterte, fragte er meine Mutter derart beiläufig, dass es nicht echt wirkte, wie viel Geld für die Bestattung vorgesehen wäre. Er machte ein professionelles Bestatter-Gesicht, betroffen dreinblickend und doch aufmerksam aufs Gespräch konzentriert.

Meine Mutter zögerte mit der Antwort, und er schlug vor, das Gespräch am nächsten Tag fortzusetzen. Das wiederum schien meiner Mutter nicht zu gefallen, womöglich fürchtete sie, dass in einem solchen Fall der Verstorbene bis zum nächsten Tag zurück in die Wohnung transportiert werden würde, und so fragte sie: »Was kostet denn normalerweise eine Bestattung?«

Ich wunderte mich über ihre Ausdrucksweise, denn gemeint hatte sie wohl eher, was eine normale Bestattung kosten würde, also eine, die weder nach unten noch nach oben groß auffiel. In der Nachbarschaft auffallen, das war so ziemlich das Schlimmste, was einem passieren konnte, selbst als Toter. So dachten meine Eltern, beide, immer schon, und das rührte wohl noch aus Zeiten, die nach außen längst vergangen, im Innern jedoch weiterwirkten, und in ihnen und ihrer Generation bis ins Jetzt hinein nicht zur Ruhe gekommen waren ...

Es ratterte ordentlich in der Rechenzentrale des Bestatters, was man an seinem Gesichtsausdruck ablesen konnte. Längst hatte er den ungefähren Wert des Hauses taxiert, zudem kannte er meine Eltern flüchtig, und so hatte er sich wahrscheinlich schon unmittelbar nach meinem Anruf eine ungefähre Kostenrechnung zusammengestellt, die er meiner Mutter präsentieren konnte, ohne dass diese nach Alternativen Ausschau halten würde. Immerhin unterbreitete er ihr drei verschiedene Angebote. Gesamtpakete, von denen allerdings der Pfarrer sofort wieder gestrichen wurde.

»Er ist ja ausgetreten«, sagte meine Mutter, und auf das fragende Gesicht des Bestatters entgegnete sie: »Aus der Kirche ausgetreten, direkt nach dem Krieg. Er war ja in französischer Gefangenschaft«, Mutter hielt kurz inne und dann erzählte sie dem Bestatter, der doch eigentlich nur sein Geschäft abwickeln wollte, dass man Vater nach dem zweiten Weltkrieg in Frankreich nach einem missglückten Fluchtversuch an die Wand gestellt hätte, mit verbundenen Augen vor ein Erschießungskommando. Die französischen Soldaten hätten aber nur in die Luft geschossen, oder sonst wohin, zumindest hätten sie ihn nicht getroffen.

Der Bestatter räusperte sich, tippte auf seinen Taschenrechner und subtrahierte den Pfarrer. So unterbrach er Mutters Erzählung, und sie konnte nicht zu ihrem Lieblingspart der Story vordringen, nämlich dass Vater bis ins hohe Alter hinein des Nachts immer mal wieder unvermittelt aus dem Bett gesprungen war. Und obwohl Vater das nie bestätigt hatte, war Mutter der Auffassung, dass er im Albtraum Deckung gesucht hatte vor den Schüssen des Erschießungskommandos.

Mutters Wahl in Sachen Bestattung fiel auf das zweite Angebot, schön mittig, vom Preis und allem Übrigen, und schickte sich an, den Vertrag zu unterschreiben. Nun jedoch trumpfte der Bestatter noch einmal auf. Er schaltete um auf betroffen dreinblickender Dackel: »Frau Märkert, warten Sie bitte einen Augenblick. Wünschen Sie und Ihre Familie noch in Ruhe vom Verstorbenen Abschied zu nehmen?«

Meine Mutter erfasste die Bedeutung der Frage nicht wirklich. Sie brachte stockend hervor, dass ihr Mann doch bereits seit einigen Minuten fort wäre, tot im himmelblauen Plastiksack.

Nun erst ließ sich der Bestatter gänzlich in die Karten blicken. »Man könnte Ihren Mann ein paar Tage, oder, wenn Sie es wünschen, sogar eine ganze Woche aufbahren«, sagte er feierlich und ergänzte, dass ein entsprechend pietätvoller Ort dafür zur Verfügung stünde in seinem Bestattungsunternehmen, keine zwei Kilometer entfernt vom Haus meiner Eltern. Kostenpunkt wären bei fünf Tagen Aufbahrung lediglich weitere dreihundert Mark. Im offenen Sarg. Man würde den Leichnam dafür einer thanatopraktischen Behandlung unterziehen, auf gut deutsch entsprechend aufbereiten. Das klang in den Ohren meiner Mutter so, als dulde es keinen Widerspruch, und so willigte sie ohne zu Zögern ein. Ihr und mir war allerdings klar, dass ihre Zustimmung für sie selbst keine bedeutsamen Folgen haben würde. Sie selbst würde auf keinen Fall dorthin gehen. In den Raum mit dem Toten.

Never! So adrett der Tote auch immer zurechtgemacht sein mochte …

Der Bestatter war jedenfalls zufrieden. Meine Mutter hatte den Vertrag inklusive der fünf Tage Aufbahrung unterzeichnet, und da alles soweit geklärt war, verabschiedete er sich. Standesgemäß, das heißt: Dosierte Trauermine, Beileidsbekundungen zuhauf, Bücklinge, Hilfsangebote zum Trauergespräch und überhaupt …

Kaum war er zur Haustür hinaus, schaute Mutter zur Uhr und sagte: »Das ist ja gerade noch mal gut gegangen.«

Dann schaltete sie den Fernseher ein. RTL. Es lief eine Folge von Gute Zeiten, Schlechte Zeiten. Sie liebte diese Soap.

Ja so ist das, dachte ich, ging in die Küche und stellte den Wasserkocher an, um mir einen Tee zu machen.

An den folgenden Tagen kamen meine Geschwister vorbei, es kehrte richtiggehend Leben ein ins Haus.

Nach vier Tagen war jedoch noch keiner von uns zur Aufbahrungsstätte unseres Vaters gepilgert, um dem Toten noch ein paar Worte des Trostes auf den langen Weg zur Ewigkeit mitzugeben, ihm ein letztes Mal die kalte Hand zu drücken. Ein wenig aus Neugier, aber auch damit seine Anwesenheit in dem Aufbahrungsraum nicht vollkommen sinnlos blieb, fasste ich mir schließlich ein Herz und ging hin.

Es war erneut ein warmer Sommertag. Alle Vögel in den Bäumen lobpreisten das Leben. Nichts erinnerte an die Sterblichkeit. Als ich mich dem Bestattungsinstitut auf Sichtweite näherte, erkannte ich den Bestatter, der bereits vor dem Gebäudekomplex auf mich wartete. Je näher ich kam, desto deutlicher bemerkte ich, dass er in krassem Widerspruch zum Sommertag ein tadellos professionelles Trauergesicht zur Schau trug. So etwas von professionell, da würde ich nicht einmal mithalten können, wenn ich eine Zwiebel zu Hilfe nähme. Mit jedem weiteren Schritt auf ihn zu wurde mir lustiger zumute. Das war schon in der Schule so. Wenn alle Schüler betroffen dreinblickten, überfiel mich eine Art Lachzwang. Nun auch wieder. Es war furchtbar. Ich verlangsamte meine Schritte und kniff mich in den Unterarm, ganz fest, auf dass mir das Lachen vergehen mochte.

Es ging dann so. Hände wurden geschüttelt, und kurze Zeit später war ich mit meinem toten Vater allein in einem Raum, der wie eine kleine Kapelle aufgemacht war. Mein Vater lag wie verabredet und vorab bezahlt im ausgewählten und nach oben offenen Sarg. Er trug seinen farblos blauen Anzug. Ich glaube, es war sein Lieblingsanzug. Er besaß gleich ein paar Stück davon. Die Brille fehlte in seinem Gesicht wie bei Onkel Otto. Ich stellte fest, dass es kein bisschen nach Tod roch. Im Hintergrund lief sehr dezent irgendeine Trauermusik. Auch war es irgendwie kalt in dem Kapellenzimmer, also nicht gerade gemütlich. Man konnte nicht einmal ein Getränk bestellen, um etwa noch mal anzustoßen, den Toten ein letztes Mal hochleben zu lassen. Mit oder ohne Drink war mir inzwischen das Lachen vergangen. Mir war sogar traurig zumute. Nicht dass ich eine innige Beziehung gehabt hätte zu ihm, aber dass er nun für immer tot war …

Es tauchten ein paar Bilder auf in mir, wie er zuletzt schon ordentlich krank an einem Samstagnachmittag in der Küche vor seinem Radio gesessen und die Fußballreportage im WDR gehört hatte.

Es war das einzige Mal gewesen, dass ich ihn in den Arm genommen hatte, weil er mir leid getan hatte, so schwach und solo in der Küche mit dem alten Kofferradio und den Reporterstimmen. Und da lag er nun leblos aufgebahrt, zur Puppe gestylt. Hatte seine Don Quichotte Existenz endgültig hinter sich gebracht. Mit all dem Hitler-Jugend-Quatsch, dem Krieg, den Monaten in französischer Gefangenschaft, der kargen Nachkriegszeit, den Geschäftspleiten und Neuanfängen und allem, was dazugehört hatte zu solch einem ordentlichen Don Quichotte Leben.

Ich fasste ihm ins Gesicht. Es fühlte sich wächsern an und kalt. Ich sagte ein paar Worte zu ihm. Sagte, dass er es gut machen solle, dort in seinem Mittelklasse-Sarg unter der Erde. Nach einer Weile ging ich dann.

Auf dem Rückweg hörte ich Musik über Walkman. Eine Mischung aus Filmmusik und moderner Klassik. Vangelis. El Greco. Dazu diese Sonne. Das bedingungslose glutrote Leuchten. Und das so knapp vor ihrem Untergang. Apokalyptisch!

Nun bist du der älteste Mann in der Familie, sagte ich mir später.

Eine wahrhaft gruselige Vorstellung!

Herbst sein II (Juli 2012)

Wieder einmal wohne ich vorübergehend im Krankenhaus. Angenehmes Zimmer dieses Mal mit kleiner Terrasse und freiem Blick auf alle kleinen Nachbarterrassen. Soweit so schön. Weniger erbaulich, mein Anliegen: Implantation eines Defibrillators. Ja oder Nein?

Auch nicht erbaulich, mein Zimmernachbar. Der ist wohl Anfang sechzig und heißt Wolfgang. Gegen den Namen gibt es nichts einzuwenden, und ob er nun dick oder dünn ist, interessiert mich auch nicht weiter. Wolfgang ist jedoch Alkoholiker und Herzkranker in einem. Eine brisante Mischung. Schon weil im Krankenhaus nichts Alkoholisches getrunken werden darf. Und damit beginnt das Dilemma. Wolfgang befindet sich auf kaltem Entzug, was bedeutet: Er kann trotz Beruhigungs- und Schlafmitteln nicht wirklich schlafen. Um den Entzugssymptomen, die ihn besonders nachts bedrängen, etwas entgegensetzen zu können, ist er auf die Idee verfallen, Bonbons mit den Zähnen zu zermalmen, das heißt, er lutscht sie nicht, er zerbeißt sie. Ein herzkranker Alkoholiker als Bettnachbar, der des Nachts Bonbons knackt, und zwar ohne Unterlass bis in die frühen Morgenstunden. Eine halbe Stunde nachdem er gegen dreiundzwanzig Uhr den Fernseher ausgeschaltet hat, beginnt seine Ich-Zerbeiße-Bonbons-Time. Er besitzt ein Glasgefäß, das seinen Nachttisch komplett ausfüllt. Das Gefäß ist von einer Größe, wie sie in Kiosken üblich ist, und im Innern des Gefäßes befinden sich mit Sicherheit um die tausend Bonbons. Das ist wohl auch nötig, bei seinem Verbrauch pro Nacht.

Es ginge mir am Arsch vorbei, wenn ich durch seine permanenten Bonbonknacker-Aktionen nicht immer wieder geweckt werden würde.

Sympathisch ist mir Wolfgang auch sonst nicht gerade. Er zählt zu der Sorte Mensch, die sich ständig beklagen. Man könnte ein Schild über sein Krankenbett nageln mit dem Satz: Die anderen tragen alle Schuld. Damit wäre von seiner Seite alles Wichtige über sich und sein Leben gesagt.

Die Stationsärztin kommt ins Zimmer, um mich zu begrüßen und vor allem, um mit mir den bevorstehenden Eingriff zu besprechen, was in etwa so abläuft: »Guten Tag, Ihre Implantation ist für morgen Vormittag geplant. Die Risiken, blablabla und wenn Sie nun noch bitte hier unterschreiben würden.«

Ich lasse sie ausreden und bringe dann mein ganz spezielles Anliegen vor. Sie staunt nicht schlecht, als ich meine Bedenken vor ihr ausbreite. Vor allem staunt sie über mein Beweisstück A-Z, das mit Datum versehene Langzeit-EKG meines Kardiologen, welches über ein Jahr alt ist und wonach mir mit einem Mal so dringlich der Defibrillator eingepflanzt werden soll. Immerhin habe ich das Jahr komplett ohne technische Hilfsgeräte ge- und überlebt. Da sind meine Zweifel nicht mal eben mit einem saloppen Ärztespruch vom Tisch gewischt.

Die Stationsärztin geht, sie möchte meinen Fall mit der Oberärztin besprechen. Zehn Minuten später sind sie dann zu zweit. Die Oberärztin klärt mich auf, dass sie sei gleichzeitig meine Operatorin sein. Als solche ist sie nicht gerade angetan von meinem Zaudern. Sie versucht zunächst, meine Bedenken kleinzureden. Nicht dass sie ein gutes Argument hätte. Das, was sie vorbringt, lässt sich genauso gut auf jeden Herzgesunden übertragen. Mir ist schon klar, dass ein Herz jederzeit aussetzen kann. Solche Dinge kennt man aus der Zeitung. Profifußballspieler Mitte zwanzig, fällt plötzlich beim Training tot um. So etwas passiert. Aber rennt deshalb jeder Bundesligakicker mit einem implantierten Defibrillator über den Platz? Wohl kaum.

Meine Frage, ob mir das Gerät bei Nichtgefallen auf Kosten der Krankenkasse auch wieder herausgenommen würde, bringt sie schließlich vom Plan ab. Das heißt, zunächst killt meine Frage ihr Repertoire an Antworten. Sie gesteht sogar ein, mit einer solchen Frage seitens der Patienten noch nie zuvor konfrontiert worden zu sein und daher im Augenblick keine exakte Antwort zu wissen. Schließlich unterbreitet sie mir folgenden Kompromiss-Vorschlag: Am nächsten Vormittag soll eine spezielle Untersuchung bei mir vorgenommen werden, ein kleiner Eingriff, ähnlich dem Einführen eines Herzkatheters, bei dem getestet werde, wie leicht sich mein Herz aus dem Rhythmus bringen ließe. Sollte mein Herz diesen Test bestehen, gäbe es anstelle des Defibrillators nur eine USB-Schnittstelle und entsprechende Software für meinen Laptop. Klang nicht schlecht, diese Alternative. Weit weniger erfreulich: Die USB-Schnittstelle würde mir ebenfalls implantiert werden, wobei der Anschluss unterhalb des Brustkorbs aus mir herausragen würde und von dort per USB-Kabel mit dem Laptop daheim verbunden werden könnte.

Klingt ja fantastisch, denke ich, da wird mein Herz bei Bedarf chatten und twittern können und vielleicht sogar bei Facebook ein paar Freunde finden.

Mir ist nicht einmal klar, welche Vorstellung ich gruseliger finde, die vom implantierten Defibrillator, der mir im Falle des Falles – oder auch einfach nur, weil er einen technischen Defekt hat – Stromschläge verpasst - und zwar im schlimmsten Fall so lange, bis die Batterie leer ist - oder deren Alternative, der unter den Brustkorb implantierten USB-Schnittstelle, über die mein Herz daheim am PC mit dem Spezialisten Kontakt aufnehmen kann. Trotz meiner Ratlosigkeit und Verwirrtheit erkläre ich mich mit der Kompromisslösung der Oberärztin einverstanden. Was bleibt mir anderes übrig. Ich kann nicht plötzlich einen Rückzieher machen und sagen: »Ach wissen Sie, ich habe es mir anders überlegt, ich möchte doch lieber sofort den Defibrillator.«

Stimmen II

Benno klopft nicht an.

Er ist einfach da.

Ganz plötzlich, und oft sagt er dann etwas.

»Sie fliegen wieder, Shatterhand«, sagt er heute.

Ich habe ihm schon mehrmals erklärt, dass er damit aufhören soll, mich so zu nennen, weil wir keine Kinder mehr sind, aber Benno hört nicht auf damit.

»Was weißt du schon vom Ende der Kindheit«, sagt er und dann wiederholt er das mit dem Fliegen.

Also tue ich ihm den Gefallen und frage ihn:

»Wer fliegt wieder?«

Und dann sagt er, dass sie Drohnen konstruiert hätten, deren Sensoren aus zig Kilometern Entfernung die innere Freiheit eines jeden Menschen aufspüren und in Lichtsignale umwandeln könnten. Je ausgeprägter die Fantasie, die Gedankenwelt und vor allem die innere Freiheit des Einzelnen, desto kräftiger wäre das Leuchten.

Kind sein II (Die sechziger Jahre)

Am ersten Tag eines neuen Schuljahres zu spät kommen, so etwas konnte einem von vornherein das komplette Jahr versauen. Da blieb für den zu spät Gekommenen mit Sicherheit nur ein Platz in einer der ersten Reihen übrig, ein Platz neben einem der schweigsam ängstlichen Muttersöhnchen oder dem Klassenstreber schlechthin. Und, was beinahe noch schrecklicher war, man saß nur einen Schritt vom Pult entfernt, sodass man sich permanent im unmittelbaren Sichtfeld des Klassenlehrers befand.

Das hatte ich schnell verinnerlicht, und so gab ich schon vom zweiten Schuljahr an acht, am ersten Schultag pünktlich vor Ort zu sein, wenn es darum ging, dem Klassenlehrer vom Schulhof aus in Reih und Glied geordnet in den entsprechenden Unterrichtsraum zu folgen und sich, dort angekommen, rasch einen guten Platz zu sichern, was für mich gleichbedeutend war mit: vorletzte Bank, mittlere Reihe.

Ich war von der dritten in die vierte Klasse Grundschule versetzt worden. Zum Ende der Ferien trat das ein, was sich wohl nur der ärgste Feind ausgedacht hätte: Ich wurde krank.

Genau fünf Tage vor Beginn des neuen Schuljahres wurde ich krank. Ernsthaft krank. Scharlach. Sechs Wochen Kranksein folgten, von denen ich die ersten vier überwiegend im Bett verbrachte. Und als wäre das nicht schon Unglück genug, stand mir das Furchtbarste ja noch bevor. Ich musste zurück in die Schule und mich dort hinsetzen, wo noch ein Platz frei war. Etwa in die erste Reihe mittig. Und dort dann neben dem allwissenden Brillenträgergesicht Gisbert Ehmke das gesamte Schuljahr ausharren. Eine Horrorvorstellung!

Der Scharlach zog sich mehr und mehr zurück, und als der Hausarzt zum Ende der vierten Krankenwoche sagte, dass nun keine Ansteckungsgefahr mehr von mir ausgehen könne, nahmen meine Eltern Kontakt mit der Schule auf. Frau Koppel war noch immer meine Klassenlehrerin, und die schickte den Uwe vorbei, einen meiner Mitschüler, der nur zwei Straßen von mir entfernt wohnte. Uwe war also eine Art Kurier von Frau Koppel und brachte Botschaften der Lehrerin. Nichts von Bedeutung wie es Kuriere etwa in den Ritterfilmen taten, wo dem König oder Kaiser die Mitteilung überbracht wurde, dass sich der Feind mit tausend Mann Stärke im Anmarsch befand. Uwe brachte nur Notizen, die den Unterrichtsstoff auflisteten, den ich bisher versäumt hatte.

Eine Woche darauf war absehbar, dass ich am folgenden Montag wieder zur Schule würde gehen können. Ich fragte Uwe, während dieser seinen zweiten und letzten langweiligen Kurierauftrag erledigte, nach der Lage des neuen Klassenzimmers und danach, welcher Platz dort für mich noch frei wäre. Uwe sagte, dass der Klassenraum der gleiche wäre wie im letzten Jahr. Welcher Platz dort noch frei war, das wusste er allerdings nicht. Ich drang weiter auf ihn ein: »Mensch Uwe, stell dich nicht so blöd an, mach einfach mal kurz die Augen zu und versuch, den Klassenraum vor dir zu sehen.«

Wenig begeistert von meinem Vorschlag sagte Uwe: »Na meinetwegen.« Eine zufriedenstellende Auskunft kam nicht dabei heraus. Obgleich Uwe sich noch zur Verstärkung die Hände vor die geschlossenen Augen gehalten hatte, gab er kurz darauf an, keinen freien Platz gesehen zu haben.

»Ich sitze links hinten«, sagte er, »neben Rainer Schmidt.«

Als wenn mich das in diesem Augenblick interessiert hätte … So schnell gab ich jedoch nicht auf und fragte ihn, wer vor ihm sitzen würde, und wer in der Reihe neben ihm. Die Schüler in seiner unmittelbaren Nachbarschaft zu benennen, das bekam er gerade so hin, aber schon, als es um die zweite Reihe vor ihm ging, wusste er nichts mehr, und selbst mit geschlossenen Augen und bei voller Konzentration auf die Sache hatte er keinen Schimmer von irgendwas. Könige und Kaiser hätten ihn auf der Stelle enthaupten lassen, diesen jämmerlichen Kurier!

Die letzten Krankheitstage flogen dahin. Ich fühlte mich gesund und munter, konnte die Zeit aber nicht wirklich genießen. Meine Eltern bestanden darauf, dass ich an den letzten freien Tagen den versäumten Unterrichtsstoff aufarbeitete. Als ich Sonntagmittag das Aufarbeiten abgeschlossen hatte und mich auf den freien Nachmittag freute, kam mein Vater während des gemeinsamen Mittagessens auf eine komplett verwegene Idee. Er stopfte

sich ein Stück Sonntagsbraten in den Mund, kaute, schluckte, blickte in meine Richtung und sagte dann: »Du musst dich zurückmelden morgen früh.«
»Mich zurückmelden?«, erwiderte ich.
»Du sagst Frau Koppel einfach, dass du wieder da bist. Das macht man so, wenn man sechs Wochen gefehlt hat, alles andere wäre unhöflich.«
Ich verstand nur Bahnhof und machte ein entsprechend ratloses Gesicht. Es half nicht. Das Ende vom Lied war: Ich musste Vater versprechen, ein höflicher Junge zu sein, am nächsten Morgen in der Schule.

Ich schlief schlecht in der Nacht von Sonntag auf Montag. Verfolgt von den Bildern eines entsetzlichen Albtraums. Ich kam ins Klassenzimmer gestolpert und musste feststellen, dass gar kein Platz mehr für mich frei war. Und so wurde ich dazu verdonnert, das gesamte Schuljahr am Pult direkt neben Frau Koppel zu sitzen.

Dieser Traum schaffte es locker in die ewigen Top Ten meiner Albträume.

Ich schwitzte am Montagmorgen.
Beim Aufstehen.
Beim Anziehen und Zähneputzen.
Beim Frühstück. Auf dem Schulweg und erst recht, als ich das Klassenzimmer betrat. Es kam jedoch keineswegs so wie im Albtraum. Ich hatte sogar die freie Wahl zwischen zwei Plätzen. Der eine befand sich in der dritten Reihe vom Pult aus gesehen rechts, allerdings zum Gang hin und neben Elke. Dritte Reihe rechts schien mir zwar weniger

schrecklich, als ganz vorne mittig zu sitzen, aber auch dieser Platz barg einen erheblichen Nachteil. Frau Koppel hatte die Angewohnheit, während der Klassenarbeiten zwischen der Bankreihenmitte und den rechts gelegenen Bankreihen im Gang auf und ab zu spazieren, und dabei den Schülern und Schülerinnen, die auf der rechten Seite zum Gang hin saßen, beim Schreiben zuzusehen. Keine Ahnung, warum sie das tat. Ich würde es wohl auch nie erfahren. Was ich aber wusste, war: Wenn ich nun dort säße, neben der Elke, und Frau Koppel während der Klassenarbeit bei mir stehen bliebe, würde ich mich wie ausgeschaltet fühlen. Dieser Blick von oben herab aufs Heft würde bei mir jeden klaren Gedanken blockieren und erst recht alles, was an mathematischen Fähigkeiten in mir schlummerte. Hinzu kam, dass ich die Elke mit ihrem dicken schwarzen Zopf, der überdimensionalen Zahnspange und den Glupschaugen nicht sonderlich mochte. Und selbst wenn sie blond gewesen wäre, ohne Zahnspange und Glupschaugen, wie die Eva etwa, ich sie also vielleicht gemocht hätte, so war es einfach ein Unding, neben einem Mädchen zu sitzen.

Der zweite freie Platz befand sich mittig in der vierten Reihe neben Benno. Ein rothaariger Kaugummifan ohne Sommersprossen. Ich kannte ihn bis dahin nicht besonders gut. Hatte auch keine Meinung zu ihm. Und doch, so dachte ich in diesem Augenblick, es hätte weit schlimmer kommen können. Ich nickte Benno also zu und setzte mich neben ihn.

So weit, so gut.

Ein paar Minuten vor acht öffnete sich die Tür zum Klassenzimmer und herein kam eine fremde Frau, die deutlich jünger war als Frau Koppel und ihr blondes, langes Haar offen trug. Sie sagte, dass sie heute bei uns Vertretung machen würde, weil Frau Koppel krank geworden wäre. Beim Stichwort krank kam mir sogleich der blödsinnige Spezialauftrag meines Vaters in den Sinn, und ich dachte daran, dass er mich später danach fragen würde, und ich das Schuljahr nicht gleich mit einer Lüge beginnen sollte. Obwohl ich ein verdammt ungutes Gefühl bei der Sache hatte, dachte ich, dass Vater vielleicht ja auch recht haben könnte mit seinem Höflichkeitsgetue. Bringe es hinter dich, sagte ich mir, und dann hob ich den rechten Arm in die Höhe, zeigte also auf, wie es im Schuljargon hieß.

Die junge Vertretungslehrerin sah mich und meinen in die Höhe gereckten rechten Arm und sagte: »Ja bitte?«

Ich erhob mich vom Platz und stammelte: »Ich wollte nur sagen, dass ich wieder da bin.« Noch während ich die Worte aussprach, kam mir die Sache total dämlich vor, und kaum hatte ich wieder Platz genommen, sagte die blonde Vertretungslehrerin mit einem Lächeln: »Prima, ich bin auch wieder da, und ich denke, wir alle hier sind wieder da.«

Schallendes Gelächter. Elke mit den Glupschaugen riss den Mund weit auf, sodass man freien Blick hatte auf ihre feiste Zahnspange und lachte, und Uwe lachte und Benno, der lachte besonders laut und rief: »Hey Leute, ich bin auch wieder da!«

Und es taten ihm noch ein paar Schüler und Schülerinnen nach. Besonders alle, die hinten saßen.

Ich war der Einzige, der nicht lachte. Ich schämte mich fürchterlich, mit tomatenrotem Gesicht und allem, was sonst so dazu gehört, etwa diesem Gefühl, im Erdboden versinken zu wollen. Für mich hatte ein minutenlanges Sterben in Peinlichkeit begonnen.

Mein Spruch blieb tagelang, ja wochenlang der Kalauer in Dauerschleife. Sobald ich morgens das Klassenzimmer betrat, tönte es aus irgendeiner Ecke:

»Hey Klaus, du bist ja auch wieder da!« oder auch: »Seht mal Leute, der Klaus ist wieder da!«

Mein Vater fragte nicht nach, ob ich mich denn auch ordentlich zurückgemeldet hätte. Das war schon merkwürdig, passte gar nicht zu ihm. Vielleicht wusste er längst Bescheid, was er mit seinem vorgeschlagenen Höflichkeitsquatsch angerichtet hatte. Es würde ihm nur recht geschehen, wenn der Gag so weit die Runde gemacht hätte, dass selbst er jeden Morgen auf der Arbeit gefragt würde, ob er auch wieder da sei.

Crazy thing called love

Ich machte mir nichts aus Woodstock. Die allgemeine Begeisterung um mich herum, soweit es dieses Festival betraf, verstand ich nicht. Nach den Fernsehbildern zu urteilen, hatte dort alles ziemlich trostlos ausgesehen. Die Frauen auf dem Festivalgelände wirkten auf mich ausnahmslos unattraktiv. Auch hatte es wohl in einer Tour geregnet. Bedeutete für die Besucher: Schlamm, Dreck, nasse Haare, nasse Klamotten, nasse Zigaretten, und so fort. Das Wetter hatte sich offenbar ganz der Bandliste angepasst. Da war zum Beispiel dieser Joe Cocker. Ich mochte ihn nicht, erst recht nicht, wenn er anfing zu singen, und das tat er immer, wenn ich ihn mal im Fernsehen sah oder im Radio hörte. Sein Gesang ließ mich seltsamerweise immer gleich an Taubenzüchtertreffen in Herne denken, und ich fragte mich ernsthaft, welcher Rockfan oberhalb von scheintot diesen Joe Cocker auf einem Open-Air-Festival außerhalb von Herne hatte sehen wollen, seine heiser krächzende Stimme das gecoverte Badezimmerlied der Beatles hatte singen hören wollen, während vor der Bühne der große Regen niedergegangen war? Oder (in meinen Ohren beinahe ebenso fürchterlich!) wer mochte seinem weiblichen Pendant, der kreischenden Janis Joplin, lauschen, wenn sie diesen Song sang, in dem von einem Mercedes Benz die Rede war? Und wen zum Teufel interessierte (über die Fraktion der Krächz-Gesang-Fans hinaus) Grateful Deads LSD-Sound-Durcheinander? Das alles außer Acht gelassen, blieb noch die Frage: Welche geschmacksberaubten Irren hatten dafür gesorgt, dass Acts wie Quill, Bert Sommer, Arlo Guthrie oder Country Joe McDonald gebucht worden waren? Woodstock, das war für mich der Riesenhype um einen Haufen Scheiße, ein Festival für abgedreht-verklemmte Hippies. Die Rolling Stones, die hätte ich mir gefallen lassen, Status Quo mit ihrem Psychedelic-Sound, Velvet Underground und Nico, oder Eric Burdon, The Troggs, die Small Faces, Manfred Mann, Shocking Blue und die Kinks, aber die waren nicht geladen worden, und mich interessierte es einen Scheißdreck, ob der Gitarrist den Song auch mit den Zähnen spielen konnte. Überhaupt das ganze Getue um Jimmy Hendrix ging mir am Arsch vorbei! Der beste Song, den er je gesungen hatte, war von Bob Dylan geschrieben worden.

Hanna war bei mir. Weder Hendrix-Fan noch Woodstock-Frau! So lockig-blond das Haar und tiefblau ihre Augen.

Ich hatte sie vor zwei Wochen im Schwimmbad kennengelernt. Seitdem hatten wir uns zwei Mal getroffen. Beim dritten Date hockten wir in der Nähe vom Sportplatz im Gras, beinahe wie in dem Drogen-Song von Juliane Werding, nur träumen taten wir nicht. Ich hatte den batteriebetriebenen Plattenspieler dabei, den mit dem Lautsprecher im Deckel. Ich zog den Tonarm zurück, bis es knack machte. Der Plattenteller rotierte drauflos, und ich setzte den Arm mit der Nadel in die Anfangsrille. Es lief Pictures Of Matchstick Men von Status

Quo. Hanna und ich liebten diesen Song genauso wie Night Of The Long Grass von den Troggs, Ha, Ha Said The Clown von Manfred Mann, Poor Boy von The Lords oder The Days Of Perly Spencer von David Mc Williams. Beim nächsten Song, Crimson And Clover von Tommy James & The Shondells, sah Hanna mich an. Anders und vor allem länger als gewöhnlich. Dabei war etwas in ihrem Blick, das mir deutlich machte, gleich wird etwas geschehen. Und tatsächlich, sie beugte ihren Oberkörper vor, und rückte dabei ihr Gesicht ganz nahe an meines heran. Sie hatte ihre Augen geschlossenen.

Ich machte meine Augen auch lieber zu. Von diesem Moment der geschlossenen Augen an hätte ich nicht mehr die Zeit gehabt, auch nur bis drei zu zählen, ehe ich ihre Lippen auf den meinen spürte, und von da an wäre ich nicht einmal bis zwei gekommen, ehe sich ihre Zunge einen Weg an meinen Schneidezähnen vorbeigebahnt hatte.

Ich wusste, um was es hier ging, ich war ja kein Alien. Und doch war mir recht ungewöhnlich zumute, die fremde Zunge in meinem Mund zu fühlen, die dort Dinge tat, die meine eigene dort so nie getan hatte, warum auch? Es war mit einem Mal deutlich weniger Platz in meiner Mundhöhle, und schon deshalb ließ ich meine Zunge in ihren Mund gleiten, wusste aber nicht recht, was ich mit meiner Zunge dort tun sollte. Ich fragte mich also, was tust du nur mit deiner Zunge in dieser unbekannten Umgebung, und sah mich gleichzeitig genötigt, darauf achtzugeben, was denn die fremde Zunge in meinem Mund weiter anstellte. So registrierte ich, dass sie sich bewegte, die fremde Zunge, hin und her und auf und ab oder auch im Kreis herum, und sie stieß dabei ein paar Mal gegen einen Backenzahn, aber es tat ja nicht weh, noch nicht ...

Ich begann, der fremden Zunge alles nachzumachen, so gut ich eben konnte, kam aber häufig durcheinander, und dann hatte ich jedes Mal das Gefühl, die beiden Zungen wären sich im Wege, stießen zusammen, weil trotz der doppelten Anzahl an Mundhöhlen zu wenig Platz war für zwei Zungen. Dann wiederum war mir, als täte es die fremde Zunge absichtlich, stieße also vorsätzlich gegen meine, der Nähe wegen, ähnlich wie die Fahrzeuge beim Autoskooter auf der Kirmes. Und also suchte ihre Zunge die Nähe meiner Zunge, während diese quasi auf der Flucht und darauf bedacht war, sich zu bewegen, ohne irgendwo anzuecken oder sonst wie auffällig zu werden. Und dazu der kaum kontrollierbare Speichelfluss, ausgelöst von dem Fremdkörper in meinem Mund. Es bedurfte äußerster Achtsamkeit, damit die Spucke in meinem Mund blieb und nicht zwischen unseren Mündern, die keine totale Deckungsgleichheit erzielten, ins Freie gelangte, um dann an meinem oder ihrem Kinn herunterzulaufen.

Zeit.

Zeit?

Ich hätte verdammt noch mal nicht sagen können, wie lange es gedauert hatte, ehe Hanna ihre Zunge ganz und gar in ihre Mundhöhle zurückbeorderte und sich ihre Lippen von meinen lösten.

Ich brachte es gerade noch fertig, meine Zunge rechtzeitig abzukommandieren, damit diese sich nicht noch außerhalb meiner Mundhöhle befand, und sich ein jeder Umstehende – wären denn Leute um uns herumgestanden – halbtot lachen und ausrufen konnte: »Seht mal her, Leute, der Typ da hat seine Zunge heraushängen.«

Das ist es also, dachte ich Sekunden später, als ich die Augen wieder geöffnet hatte, so läuft es ab, das Küssen. Auch wenn ich längst nicht alles vom Regelwerk verstanden hatte, so war ich doch glücklich, dieses Mal selbst dabei gewesen zu sein, konnte ich doch endlich allen Freunden davon erzählen, ohne mir wie ein Lügner vorzukommen.

Klar hab ich sie auch geküsst!
Mit Zunge?
Mit Zunge, ist doch logisch.

Drei Tage später traf ich Hanna wieder. Es war ein warmer Sommerabend und wir lagen nebeneinander auf dem Rasen eines Hügels, vielleicht war es auch nur eine Anhöhe? Ich kann es nicht sagen, weiß ja nicht einmal wie man Hügel und Anhöhe voneinander abgrenzt. Jedenfalls lagen wir auf der Seite, ich auf meiner linken, Hanna auf der rechten. Ich stützte meinen Kopf mit der linken Hand, Hanna nahm ihre Rechte zum Abstützen. So lagen wir lang ausgestreckt vis-à-vis nebeneinander auf der Anhöhe, die durchaus auch ein Hügel sein konnte.

Ich fühlte mich etwas sicherer als beim letzten Date, aber nicht zu sicher. Ich wusste, das Küssen war erst der Anfang, da kamen noch ganz viele, weit fremdere Dinge hinterher, und es wurde sicherlich auch eine Menge von mir erwartet, hatte ich Hanna doch gerade erst erzählt, dass ich schon mit einigen Mädchen vor ihr zusammen war.

»Waren es mehr als fünf?«, hatte sie gefragt.

»Wieso kommst du auf fünf und was bedeutet für dich mehr als fünf?«

»Sag schon«, waren ihre Worte, und die Worte besaßen diese ganz gewisse Schärfe, welche, ohne es explizit zu sagen, ernste Konsequenzen befürchten ließ.

Hätten wir Schach gespielt, wäre ich schon nach diesen paar Zügen ganz ordentlich in die Defensive geraten.

»Ich bin erst vierzehn, so weit sind wir noch nicht in Mathe«, hätte ich antworten können. Raffiniert wäre es auch gewesen zum Gegenangriff überzugehen: »Hattest du etwa nur fünf Typen?« – Aber was tat ich? Ich sagte nur:

»Ach was soll's. Ob es jetzt vier oder sechs waren ...«

Noch während ich das sagte, spürte ich, dass ich an einem gefährlichen Wendepunkt in meinem Leben und speziell in unserer Beziehung angekommen war, und dass da etwas lauerte, etwas, das man durchaus mit dem Herannahen eines finalen Schachmatts gleichsetzen konnte. Ich musste tätig werden. Soviel stand fest. Mir etwas einfallen lassen. Etwas Originelles.

Wir schauten uns an. Unsere Blicke trafen sich. In der rechten Hand hielt ich noch immer diesen

Grashalm, den ich beim Erklimmen des Hügels, der auch eine Anhöhe sein konnte, der Wiesenfläche entrissen hatte, und ich begann, Hanna mit dem Ende des Halms im Gesicht zu kitzeln. Und tatsächlich, ihre Anspannung verflüchtigte sich. Sie beharrte nicht mehr auf korrekter Beantwortung ihrer Frage, sondern begann gleich mit dem Versuch, den Halm mit ihren Zähnen aufzufangen. Schließlich bekam sie ihn zu fassen, biss hinein und biss sich an ihm entlang in Richtung meiner Finger. Ihre Zunge fuhr über meinen Daumennagel, und da war ich so verwirrt, dass ich den Halm losließ.

Hanna lachte, richtete sich ein wenig auf, beugte sich vor und ihr Blick ging an mir vorbei nach unten auf den Marktplatz. »Sieh nur all die Menschen dort unten«, sagte sie, »jeder von ihnen will leben, ich meine, unbedingt gut leben und unbedingt glücklich sein, ist das nicht verrückt?«

Ich fand ihre Frage beinahe noch verfänglicher als die Frage nach der Anzahl meiner Freundinnen und zuckte mit den Schultern.

»Denk doch mal nach, wenn alle Menschen tatsächlich glücklich wären, gäbe es das Pech ja nicht und ohne Pech kein Glück.«

Noch ehe mir auch nur ein einziges Wort als Antwort eingefallen wäre, fühlte ich Hannas Lippen auf meinem Mund und ihre Zunge. Ich war von ihrer Sprunghaftigkeit dermaßen außer Gefecht gesetzt, dass ich noch für ein paar Sekunden die Augen offen stehen ließ, ohne jedoch groß etwas sehen zu können. Beim Küssen kam ich schon besser klar als beim letzten Mal, ohne dass mir jedoch eine tiefere Bedeutung des Vorgangs deutlich geworden wäre, und wieder war es Hanna, die das Knutschen nach einer Weile beendete. Jedoch nicht, um sich erneut Gedanken über die Menschen auf dem Marktplatz zu machen, sondern nur um meine freie, rechte Hand zu nehmen und dieselbe unter ihr T-Shirt zu schieben. Dazu sagte sie: »Du kannst ruhig mal meine Brust anfassen.«

Würde man noch einmal den Vergleich unserer Situation mit der eines Schachspiels suchen, so war der Augenblick, bei dem ich weit mehr als meine Dame opferte, schneller gekommen, als ich vermutet hatte. Ich tat einen unüberlegten Zug, der zwar irgendwie logisch durchdacht, aber taktisch vollkommen daneben war und mich direkt ins Matt setzte. Der Grashalm lag von ihren Zähnen zermalmt am Boden, und ich stützte nach wie vor mit der linken Hand meinen Kopf, während sich meine Rechte in Höhe ihres Bauchnabels unter ihrem T-Shirt befand. Aus meiner Sicht logisch und folgerichtig fragte ich Hanna also: »Welche denn?«

Später entsann ich mich, dass ihre Brust nicht gerade üppig gewirkt hatte unter dem eng anliegenden T-Shirt, aber da waren die Worte gesagt und somit das Pech längst über mich ausgekübelt.

Es knallte ordentlich als Hannas flach ausgebreitete linke Hand gegen meine Backe klatschte und es schmerzte, und als ich zu Hause in den Spiegel sah, war der Abdruck ihrer Finger auf meiner Wange noch immer zu erkennen.

Zu einem weiteren Treffen kam es nicht. Wenn wir uns an den nächsten Tagen zufällig sahen, taten wir beide so, als würden wir uns nicht kennen, und schon bald darauf sah ich Hanna auf dem Schulhof mit einem Typen aus der Klasse über mir. Sie küssten sich, und so wie es aussah, hatte er beide Hände unter ihrem T-Shirt.

Soldat sein II (1974)

Kalt.

Dazu Nieselregen.

Elende Scheiße!

Am Morgen liefen hintereinander Es fährt ein Zug nach Nirgendwo von Christian Anders, Roll Away The Stone von Mott The Hoople und No More Mr. Nice Guy von Alice Cooper im Radio. Wenig später ging es ins Gelände. Zu Fuß. Mit dem rothaarigen Möbelpacker vorne weg. Der hatte nur leichtes Gepäck. Anders verhielt sich die Sache bei uns Soldaten von niederem Rang: Wir mussten alles mitschleppen, Decken, Essbesteck, den ganzen Soldatenhausrat, nur unnützes Zeug, allein zum Schleppen ausgedacht, Marschgepäck eben, dazu das Gewehr. Das wog auch seine Kilos.

Der eingeschlagene Weg führte ausschließlich bergauf. Das Gelände war wohl nach dem Grad der Steigung des Anmarschweges ausgesucht worden. Ich war mir sicher, für die Truppenübungen war von vornherein nur ein Gelände mit vorgelagerten Gebirgsstraßen infrage gekommen. Also mussten wir erst einmal mit dem Marschgepäck auf dem Rücken sechseinhalb Kilometer bergauf marschieren. Oben regnete es noch eine ordentliche Portion mehr. Dabei waren wir alle schon völlig durchnässt. Arschkalt war's dazu. Was fehlte also noch zur totalen Depressions-Stimmung? Richtig: Dreck! Und entsprechend hieß es aus der Kehle des Oberfeldwebels in Richtung gemeiner Soldat: Gleich einmal die vierte Gangart eingelegt, oder war's die fünfte? Auf jeden Fall mussten wir rangniederen Kreaturen in Uniform uns flach auf den Bauch legen und losrobben oder auch kriechen, mit anderen Worten: schön dreckig machen. Das gelang allen recht gut bei dem Wetter und der Oberfeldwebel schaute zufrieden. Er wärmte sich die Hände am Feuer, während seine Soldaten nur wenige Meter von ihm entfernt nacheinander den Matschtod starben.

Es ging dann doch noch auf den Mittag zu, aber ehe Vorfreude auf die anstehende Essenspause aufkommen konnte, ergriff der Mann vom Feuerplatz aus das Wort und brüllte: »Der Feind ist im Anmarsch!« Es folgten Sätze der Ausschmückung, fantasielos alle miteinander, Möbelpacker-Deutsch, und gegen Ende kam die Botschaft an uns Soldaten, in Form einer kleinen Sonderaufgabe, weil der Feind recht bald schon kommen würde: Gruben ausheben, quadratisch, einen Meter fünfzig je Seite und einen Meter tief. Immer zwei Mann eine Grube.

»Wer damit fertig ist, kann Mittag machen«, sagte der Oberfeldwebel.

Sofort setzte Klappspatengeklapper ein.

Ich hielt mich zurück. War noch benommen vom Herummatschen in der vierten bis fünften Gangart. Außerdem ausgepowert, hungrig, entnervt, fassungslos, dass so eine Quälerei überhaupt angeordnet werden durfte in einer Demokratie. Es war doch einfach unglaublich, dass es einem einzelnen Irren möglich war, einfach mal so mehr als fünfzig Soldaten zu schikanieren. Wenn wir uns nun geschlossen verweigern würden, wie würde der rothaarige Zyniker reagieren? Ja, weiter noch, um unsere Überlegenheit zu unterstreichen, könnten wir dem Oberfeldwebel mit unseren Klappspaten zu Leibe rücken, ihn quer durchs Gelände vor uns her treiben oder gleich an einen der Bäume fesseln und ums Feuer hockend darauf warten, dass der Tag herumging. Aber was geschah stattdessen? Alle gehorchten der einen zynischen Stimme und hoben eifrig Gruben aus. Ich hörte schon die emsigsten Befehlsbefolger schreien, dass sie fertig seien mit ihrem Sonderauftrag. Doch ehe es soweit war, gesellte sich der Oberfeldwebel – genüsslich an einem Zigarillo paffend – zu uns Grubenarbeitern und erklärte lächelnd, dass die Ausgangslage inzwischen eine komplett andere wäre. Der Feind käme heute nicht mehr vorbei und darum müssten die Gruben sofort ungeschehen gemacht werden. Neuer Befehl also: Erde zurück ins Loch. Wer seine Grube ungeschehen gemacht hatte, der durfte Mittag machen.

So und nicht anders tickte ein Möbelpacker, wenn aus ihm ein Zugführer bei der Bundeswehr geworden war ...

Nach der Mittagspause folgte eine Stunde Theorie. Der rothaarige Zyniker hockte breitbeinig beim Feuer. Auf dass die Wärme uns nicht erreichen konnte, mussten wir in gebührendem Abstand zur Feuerstelle im Halbkreis um ihn herum stehen, noch immer durchnässt und dreckig. Kälte kroch durch alle Poren, während wir seinem langweiligen Theorien-Kram lauschten.

Zum großen Tagesfinale stand ein bisschen Schießen auf dem Programm und ein wilder Gangarten-Mix durchs Gelände, ehe wir zum Abmarsch anzutreten hatten.

Der Oberfeldwebel musterte uns.

»Jungs, um ehrlich zu sein, ihr seht aus wie die Schweine«, sagte er und atmete enorme Rauchringe in die Novemberluft, »ich gebe euch genau fünf Minuten Zeit, eure Sachen in Ordnung zu bringen.«

Ein paar vom Befehlsgeschrei völlig willenlos gewordene Soldatenzombies starteten tatsächlich den Versuch, ihre Sachen vom Dreck zu befreien. Sie klopften und rieben mit bloßen Händen an sich herum. Manch einer versuchte es mit Flüssigkeit und spuckte dazu vor dem Reiben in die Hände.

Der Oberfeldwebel paffte derweil sein Zigarillo und lachte sich eins. Schaute ein paar Mal auf die Armbanduhr und sagte dann: »Männer, ich sehe schon, das klappt nicht, aber so wir ihr aussteht, können wir unmöglich durchs Dorf zur Kaserne gehen, wir müssen so schnell laufen, dass uns keiner von den Anwohnern zu Gesicht bekommt.«

Und dann ließ er abmarschieren.

Im Laufschritt.

Dazu sollten wir ein Lied singen. Irgendwas von der schwarzen Barbara oder war es die schwarzbraune Haselnuss?

Jacke wie Hose! Grausames Liedgut, eins wie das andere und grausame Interpretation! Nach Luft japsen und singen geht nicht gut zusammen, darum spielte es eigentlich keine Rolle, was wir sangen.

Mir war kalt und elend zumute. Dazu nonstop Mordgedanken.

Zurück in der Kaserne war noch immer kein Feierabend. Putz und Flickstunde nannte sich der verzweifelte Versuch, den Matsch und Dreck an Uniform, Gepäck und G3-Gewehr vergessen zu machen.

Ich würde auf keinen Fall ein zweites Mal mit ins Gelände gehen, das stand für mich fest. Und es gab nur einen Fluchtpunkt für den gemeinen Soldaten in der Ausbildung: den Sanitätsbereich.

Ich hatte da noch ein Ass im Ärmel, genauer unter meinem linken Fuß. Dort relativ mittig hinter den Zehen, wo der Ballen seinen Anfang nimmt, befand sich ein respektables Hornhautgebilde. Tat nicht weh, konnte aber, so wie es aussah.

Am nächsten Morgen humpelte ich in den Sanitäts-Bereich. Ich humpelte ins Sprechzimmer und sagte dem Arzt, dass ich mit dem linken Fuß nicht mehr auftreten könne.

Der Bundeswehr-Medizinmann schaute sich den Fuß mit dem Hornhautgebilde genau an und gab schließlich die Diagnose aus: »Das ist Fußpilz. Da haben wir eine prima Lösung. In einer Woche zur Kontrolle wiederkommen. Bis dahin ist das Problem beseitigt.« Er überreichte mir ein Mittel gegen Fußpilz. Eine Salbe. Morgens und abends auftragen, lautete die Order vom Medizinmann.

Ich trug die Salbe auf und hatte eine Woche lang den Status: Marsch- und Sportbefreit. Während die anderen im Gelände schikaniert wurden, musste ich die Kaserne putzen. Die Gänge, Duschräume und Toiletten. Egal. Ich hatte meine Ruhe. Kein Befehlsgeschrei, keine Kälte, kein Dreck.

Die Woche darauf war die Salbe aufgebraucht, und das Hornhautgebilde noch genauso fett unterm linken Fuß wie zuvor.

Ich humpelte erneut zum Sanitätsbereich.

Der Medizinmann schaute missmutig, brummte vor sich hin und schickte mich zum Facharzt im Dorf.

Der Facharzt wusste gleich Bescheid. »Sie sind bei den Fernmeldern?«

Ich nickte.

»Grundausbildung?«

Ich nickte wieder.

»Wie lange noch?«

»Zwei Monate«, sagte ich.

»Verstehe«, sagte er, nannte den lateinischen Namen fürs Hornhautgebilde und fügte lächelnd hinzu, er wüsste, dass so etwas in der Regel keine großartigen Beschwerden machen würde, aber, da es ja auch Ausnahmen von der Regel gäbe, könne er – sofern ich das wolle – eine fachärztliche Empfehlung schreiben, wonach das Gebilde zwingend herausoperiert werden müsse, dann wäre ich mit Sicherheit auch für den Rest der Grundausbildung Innendienstkrank und somit Marsch- und Sportbefreit.

»Das wäre mir recht«, sagte ich.

So kam ich ins Bundeswehrkrankenhaus. Dazu musste ich nicht groß auf die Reise gehen, es befand sich praktischerweise gleich mit auf dem Kasernengelände.

»Rausschneiden oder rausbrennen?«, fragte der OP-Arzt mit monotoner Stimme. Er hatte Fleischerhände und trug eine Nickelbrille. Die Frage, die er mir gestellt hatte, klang für mich nach »Pest oder Cholera«.

Ich nahm Tor eins.

Rausschneiden.

»Keine Angst, der Fuß wird vorher örtlich betäubt«, sagte der Arzt, und fügte deutlich leiser hinzu: »drei Spritzen«, verschwieg dabei aber, dass mir die Betäubungsspritzen unter den Fuß gesetzt werden sollten, was heißt gesetzt, gerammt wurden sie, und das verursachte extreme Schmerzen. War ich vor der ersten Spritze noch arglos, weil ahnungslos, so gesellte sich vor der zweiten das Wissen hinzu, dass mir die erste bereits ordentlich Tränen in die Augen getrieben hatte. Ich wusste also, dass noch zwei weitere Foltereinheiten dazukommen würden. Meine Gefühle außer Acht lassend näherte sich der OP-Arzt mit den Spritzen zwei und drei gut gelaunt, er pfiff eine Schlagermelodie vor sich hin, und verabreichte mir dieselben unbeeindruckt von meinem Leid.

Immerhin, das Ziel war erreicht: Mein Fuß übertrug keinen Schmerz mehr, die Betäubung wirkte. Es konnte herausgeschnitten werden.

Und es wurde ...

Zum Abschluss gab es einen fetten Verband und Bettarrest für zwei Tage. Ich schluckte bunte Schmerztabletten, dazu Wein oder Whisky am Abend, je nachdem, was uns aus der Kaserne mitgebracht wurde. Mir und meinem Bettnachbarn. Der hatte ebenfalls Probleme mit dem Fuß: Zeh gebrochen.

»Selbst gemacht«, sagte er nicht ohne Stolz, »mit dem Schraubenzieher zwischen zwei Zehen und kruuck.«

Ich nahm das so hin, unkommentiert. Er sorgte jedenfalls für den Alkohol und diverse Joints. Er wurde bestens versorgt von einem Typen, den er Stronz nannte. Handelte sich wohl um den Oberdealer der Kompanie. Stronz kam abends nach Dienstschluss und belieferte ihn und dann auch mich. Jedenfalls drangen wegen all der betäubenden Substanzen, die ich über den Tag, Abend und die Nacht verteilt zu mir nahm, die Schmerzen vom Fuß nur selten bis zur Schaltzentrale durch. Dafür war mir häufig mal kotzübel zwischendrin. Alkohol plus Kiffen, das musste wohldosiert ausbalanciert sein, sonst wurde aus dem relaxten Abhängen schnell mal ein hastiges Abkotzen.

Einer der Ärzte war okay. Sogar mehr als das. Wie wir Patienten war er nur normaler Wehrpflichtiger, W15. Kiffte nach Feierabend auch gelegentlich mal mit und fragte mich irgendwann, wie gut ich die englische Sprache beherrschen würde.

Ich sagte: »Ganz gut soweit.«

Er nickte und gab mir den Tipp, mich als Übersetzer für Fernmeldeübungen zu bewerben. Dazu müsste ich einen sechswöchigen Kurs in Fernmeldetechnik-Englisch machen und schon wäre ich Übersetzer und hätte bis zum Ende der Soldatenzeit nichts mehr zu schaffen mit Drill, Dreck und Kälte.

Das klang gut. Ich würde mich bewerben, sobald ich raus war aus dem Krankenhaus.

Ich war raus. Innendienstkrank bis auf weiteres. Putzen fiel auch flach, eigentlich alles, bis auf Büroarbeiten.

Ich bewarb mich für den Übersetzer-Job und wurde zu einem Lehrgang eingeladen. Direkt im Anschluss an die Grundausbildung.

Alles lief perfekt soweit.

Der Hauptfeldwebel hatte etwas Wichtiges zu sagen. Erkannte man sofort. War immer derselbe Ablauf. Er ließ antreten und begann seinen Monolog mit einem kräftigen: »Männer!« – Ihm wäre zu Ohren gekommen, brüllte er, dass in der Kompanie verstärkt Haschisch eingenommen (er sagte tatsächlich eingenommen würde, und dass er solches nicht dulden würde. Wir sollten lieber Saufen gehen, sagte er. Um dem Wort auch gleich die Tat folgen zu lassen, bestimmte er einen Soldaten, der zukünftig Ausschau nach illegalem Drogengebrauch halten und ihm bei Auffälligkeiten stets Meldung machen sollte. Seine Wahl fiel auf Stronz. Eine kluge Wahl. So wurde der Bock zum Gärtner.

Mir wurde eine erste Erzieherische Maßnahme verabreicht. Ich war mit dem Gelsenkirchener und Stronz zu spät aus der Kantine zur abendlichen Putz-und- Flickstunde erschienen. Lag an der neuen weiblichen Küchenkraft. Objektiv betrachtet weiß Gott keine Schönheit, aber im Kasernenalltag konkurrenzlos und darum trotzdem schön. Zum Anstarren schön. Nun mussten wir nacheinander zum Hauptfeldwebel und den Grund für die Verspätung nennen. Ich gab an, dass mir auf dem Rückweg von der Kantine zur Kaserne das Essbesteck in einen Gully gefallen wäre, und es eben gedauert hätte, bis ich es dort herausgekriegt hätte. Ich trug das recht selbstbewusst vor, weil es eine originelle, dabei aber durchaus mögliche Begründung war. Ich hatte in diesem Augenblick keine Ahnung, was die anderen gesagt hatten, mein Statement hatte jedenfalls nicht überzeugender gewirkt ...

»Solch einen Unsinn glaubt doch kein Mensch!«, hatte der Hauptfeldwebel gerufen, als ich mit meiner Gully-Geschichte durch war und gespannt auf die Reaktion gewartet hatte. Nun, so kam ich also zu meiner ersten Erzieherischen Maßnahme, die da lautete: am Wochenende Heimfahrverbot.

Das Wochenende darauf blieb ich freiwillig in Weingarten. Mir fehlte das Benzingeld für die Heimfahrt. Gemeinsam mit dem Gelsenkirchener, dem frisch gekürten Drogenkommissar Stronz und einem Schwaben namens Müller hing ich am Samstag in der Kaserne herum. Wir kifften so vor uns hin und beschlossen dann doch, noch etwas zu unternehmen. Anders als am Wochenende zuvor hatten wir schließlich Wochenendausgang. Und so kamen wir überein, die Fähre nach Konstanz zu nehmen.

»Konstanz ist gut«, sagte Stronz. Und so wie er es aussprach, klang es beinahe, als handele es sich dabei um ein ganz besonderes Rauschmittel. Wir fuhren mit meinem Ford 12M bis nach Meersburg. Zugekifft wie wir waren. Es machte uns nicht einmal etwas aus, dass der Kassetten-Player wieder einmal leierte. Erst nachdem er sich gegen Ende des Songs I'm free von The Who mit einem klagenden, quiekenden Laut komplett verabschiedete, rief Stronz ein paar Augenblicke später, also ordentlich zeitverzögert: »Bandsalat!«, und nachdem das Drücken der Eject-Taste nichts bewirkt hatte, zog Stronz zum Beweis das ramponierte Tape aus dem Player.

Mir wurde erst richtig klar, wie mich die Droge im Griff hatte, da befanden wir uns schon vorn auf der Autofähre mitten auf dem See. Es folgten diverse Lachflash-Salven, bis die Fähre vor Konstanz anlegte.

Über Lautsprecher wurden wir aufgefordert, loszufahren.

Mein 12M stand ganz vorn auf der Fähre. Kein Fahrzeug kam an uns vorbei. Ich war zum Losfahren bereit.

Aber der 12M nicht. Er sprang nicht an. Da konnte ich wieder und wieder den Schlüssel im Zündschloss drehen, es tat sich nichts. Es ertönte nur jenes wohlbekannte Geräusch, welches ein Auto macht, wenn der Zündfunke nicht überspringt und auch keine Chance hat überzuspringen.

Ein Hupkonzert, an dem sich von Sekunde zu Sekunde mehr und mehr Autohupen beteiligten, entstand hinter uns, und schon wurde vom vollbärtigen Fährmann und seinem glattrasierten Handlanger an die Scheiben meines Ford 12M geklopft und recht ungehalten die Aufforderung vorgebracht, nun endlich das Fahrzeug von der Fähre zu schaffen.

»Wenn das Auto nicht anspringt, dann müssen Sie es eben schieben, nur runter von der Fähre jetzt, aber rasch!«, rief der Fährmann.

Wir lachten uns halb tot.

Der Vollbärtige und der Glattrasierte rüttelten und schüttelten am Auto.

»Frau Holle!«, lallte Stronz.

Wir lachten, dass uns die Bäuche weh taten.

Ich sagte dem Fährmann glucksend, dass wir alle vier gebrechlich wären, laut Zeugnis des Ärzteteams der Bundeswehr vom Marsch und Sport befreit und auch von allen anderen körperlichen Anstrengungen, Innendienstkrank eben und darum etwas derart Schweres wie ein Auto gar nicht anschieben dürften. Stronz und der Gelsenkirchener begleiteten meine Ansage mit dem Bemühen um ernste Gesichter. Grimassenhaft ernst.

Schlussendlich wuchteten der Fährmann und sein Handlanger den Ford12M mit uns darin von der Fähre, während wir noch immer lachten.

Kaum waren wir von der Fähre heruntergeschoben worden, sprang der Wagen an.

Auf dem Rückweg befanden wir uns vorsorglich ganz hinten auf der Fähre. Wir lachten nicht mehr. Dafür musste der Ford 12M dieses Mal nicht angeschoben werden.

In der Nacht lag ich allein in meinem Sechs-Mann-Soldaten-Zimmer. Konnte mir also ungestört einen wichsen. Das tat ich dann auch. Ich dachte dabei an die Küchenhilfe. Sie saß auf meinem Schoß und trug nichts unterm Kittel.

Beinahe jeder Soldat in der Grundausbildung wurde zum Briefeschreiber. Man konnte die Formel aufmachen, je weiter von daheim entfernt, desto mehr Briefe wurden geschrieben. Ich war ganz vorn mit dabei. Außer an Christa schrieb ich Briefe an meine Eltern, Geschwister, Freunde und ein paar Ex-Freundinnen. Hatte eine gewisse Spannung: Wer antwortete und was. Die Spannung bezog sich in erster Linie auf die Reaktionen meiner Ex-Freundinnen. Schon weil es in der Beziehung mit Christa ordentlich Missverständnisse gab, die sich über eine sechshundertfünfzig Kilometer Entfernung schlecht ausräumen ließen. Ihre Briefe waren vollgepackt mit Schilderungen von ausgelassenen Wochenendpartys, dazu warf sie mit Namen um sich und behauptete immerzu, dass ich diesen und jenen doch auch kennen müsse aus der und der Situation. Ich kannte diesen und jenen aber nicht und selbst wenn doch, war es mir im Augenblick scheißegal. Ich war Soldat und musste zusehen, dass ich den stumpfsinnigen Alltag in der Kaserne auf die Reihe kriegte und dabei nicht durchdrehte. Besonders wenn ich mich in einem seltenen Moment der Entspannung in Uniform vor dem Spiegel stehend betrachtete, mit diesem albernen Schiffchen auf dem Kopf, dachte ich an Karneval in Weingarten. Wenn ich nicht Acht gab, wurde ich noch zum Schützenkönig gewählt oder zum Weinkönig. Was interessierte mich in solch einer Ausnahmesituation dieser oder jener Partyaffe aus Bochum?!

Auch gerieten Christas Briefe immer kürzer und ich dachte, die letzten drei Worte an den Soldaten fern der Heimat würden wohl direkt auf die Briefmarke passen.

Susanne schrieb mir. Das glich den drohenden Verlust aus. Ich war von Susannes Brief sogar derart eingenommen, dass ich beschloss, Christa gar nicht mehr zu antworten. Und ich beschloss es nicht nur, sondern setzte es auch in die Tat um. Bekam aber dennoch kurze Zeit später eine Karte von Christa: Es ist vorbei, schrieb sie, fügte aber netterweise hinzu, es läge nicht an mir, eine Fernbeziehung wäre einfach nichts für sie. Sie wünschte mir alles Gute. Im Radio lief einer der besten Songs von The Who, Behind Blue Eyes, und ich wünschte Christa die Pest an den Hals.

Diese Entscheidung wird sie noch bereuen, dachte ich, wenn ich denn nach dem Militärdienst zurück wäre und ganz sicher etwas Bedeutendes aus mir werden würde ...

Herbst sein III (Juli 2012)

Die Oberärztin und die Stationsärztin sind gegangen. Mit meiner Unterschrift unter dem Vertrag. Ich habe mich mit dem Eingriff am nächsten Morgen einverstanden erklärt, dem besonderen Herztest. Und zunächst bin ich tatsächlich erleichtert und sogar ein wenig stolz auf mich, der ich meine Bedenken gegen den Defibrillator so todesmutig vor den Ärztinnen ausgebreitet habe. Die Erleichterung weicht jedoch relativ schnell der Ernüchterung, und in mir entsteht das mulmige Gefühl, ich hätte mich mit meinem Protestgebaren in eine klassische Loose-Loose-Situation manövriert.

Die Sonne scheint, es ist herrlichstes Sommerwetter.

Ich verlasse das Krankenzimmer und begebe mich mit einem Buch bewaffnet auf die Klein-Terrasse, die zum Krankenzimmer gehört. An die zehn weitere Patienten befinden sich in unmittelbarer Nachbarschaft auf den angrenzenden Klein-Terrassen. Aber keiner liest. Alle schauen nur. Schauen in diese eine Richtung. Und dann schaue auch ich in diese Richtung ...

Auf der in unmittelbarer Nachbarschaft zu den Terrassen gelegenen Rasenfläche befindet sich eine Entenmutter im Ausnahmezustand. Eines ihrer sechs Küken liegt im Gras am Rande der Terrassen und hat wohl keine Kraft, der Mutter und ihren übrigen fünf Küken zu folgen. Es macht den Eindruck, als sei das Küken ganz außerordentlich krank, läge womöglich sogar im Sterben.

Die Sonne brennt erbarmungslos auf die Rasenfläche herunter, und die Entenmutter scheint hin- und hergerissen zwischen ihrer Mutterpflicht, die fünf gesunden Küken zu den etwa zehn Meter entfernten Schatten spendenden Sträuchern und Bäumen zu führen und der Sorge um ihr krankes Kind. Sie läuft ein paar Mal die zehn Meter hin- und zurück, wie mir scheint, ein jedes Mal aus Ratlosigkeit, aber auch in der Hoffnung auf ein Wunder, auf dass in der Zwischenzeit bei ihrem kranken Küken eine Spontanheilung eingetreten sein mochte. Das Wunder findet jedoch nicht statt, und während wir Patienten zuschauen, als wäre all das nur ein Film, baut sich die Entenmutter mit einem Mal vor uns auf, sieht uns aus ihren Entenaugen an, schlägt dazu mit den Flügeln und macht klagende Geräusche, wie sie eine Ente in solch einer Lage nur machen kann. Mir kommt es vor, als würde sie uns sagen wollen: »Warum helft ihr mir nicht? Das hier ist doch ein Krankenhaus. Seht ihr nicht, dass mein Küken krank ist? Also glotzt nicht nur blöde, sondern holt endlich einen Arzt!«

Niemand holt einen Arzt. Manch einer wendet seinen Blick ab, andere flüstern miteinander: »Das arme Küken, wie furchtbar«, aber keiner geht auf das Klagen der Entenmutter ein.

Diese bricht schließlich den Versuch ab, uns auf Enten-Art um Hilfe zu bitten, und begibt sich nun wohl endgültig mit ihren fünf gesunden Kindern zu den Sträuchern. Das kranke Küken versucht erneut, hinterherzukommen, schafft es aber nicht einmal ansatzweise.

Ich fühle mich seltsam. Eigenartig berührt, hilflos und seltsam. Es kommt mir vor, als sei dieses Ereignis über die ausweglose Situation des Tieres hinaus eine mystische Botschaft an mich, als beinhalte das Geschehen eine an mich adressierte Mitteilung, die ich nicht recht zu deuten weiß. Ich spiele tatsächlich kurz mit dem Gedanken, einen Arzt für das Küken zu holen, obgleich ich überzeugt bin, dass sich keiner der Ärzte darum kümmern würde. Schon aus Zeitmangel. Aber auch, weil weder der Arzt noch das Krankenhaus eine solche Hilfe bezahlt bekäme. Enten sind nicht krankenversichert. Und es befinden sich keine Tierärzte im Krankenhaus. Da würde ich mich mit solch einer Aktion noch deutlicher ins Abseits stellen, als ich es mit meinem Defibrillator-Protest schon getan habe. Untätig wegschauen wie alle Übrigen möchte ich jedoch auch nicht, und so begebe ich mich zum kranken Entenküken, nehme es vorsichtig mit den Händen auf und trage es zu den Sträuchern, auf dass es zumindest nicht weiter der extremen Sonnenbestrahlung ausgesetzt ist.

Von den etwa zehn Patienten befinden sich inzwischen nur noch vier auf den Terrassen. Die anderen haben sich in ihre Krankenzimmer zurückgezogen. Ich vermute, das taten sie, um nachher behaupten zu können, sie wären gar nicht dabei gewesen, hätten nichts gesehen, von nichts etwas gewusst. Natürlich war auch das vollkommen unrealistisch. Wer sollte die Herrschaften schon zur Rechenschaft ziehen? Und für was bitte schön?

Die vier verbliebenen Patienten sehen meinem Treiben zu. Stumm. Reglos. Weder Applaus, noch Belehrungen. Ein jeglicher Kommentar bleibt aus.

Ich habe geholfen, irgendwie ...
Fühle mich gut. Zumindest ziemlich gut.

Eine Stunde später schaue ich nach, ob sich das Küken noch unter den Sträuchern befindet. Es ist fort, wie die gesamte Entenfamilie.
Vielleicht hat es die Szenerie gar nicht real gegeben, und die Dinge sind wie Trugbilder einer Fata Morgana vor uns Patienten entstanden, um unsere Hilfsbereitschaft zu testen ...

Am folgenden Morgen liege ich auf einer OP-Bettunterlage, in ein weißes OP-Hemdchen eingekleidet.
Um mich herum ist alles grün. Die Oberärztin betäubt die Stelle in der Leistengegend, von der aus der Schlauch eingeführt werden soll, auf dass mein Herz getestet werden kann. Gleich was sie da betäubt hat, es tut saumäßig weh, als sie versucht den Schlauch einzuführen, so saumäßig, dass mir kotzübel wird. Man verabreicht mir eine Spritze gegen die Übelkeit, betäubt die Einführstelle erneut, und dann gelangt der Schlauch doch noch in die Blutbahn.
Im nächsten Moment, der etwa drei Stunden später stattfindet, befinde ich mich auf der Intensivstation.

Ich sei zwischendurch eine Zeit lang tot gewesen, heißt es lapidar. Herzstillstand. Man hätte mich mit einem externen Defibrillator zurückholen müssen, obwohl man zuvor mein Herz nur ein ganz klein wenig geärgert hätte, wäre dieses angeblich sofort stehen geblieben.

Der Arzt spricht tatsächlich davon, dass man während des Tests mein Herz ein ganz klein wenig geärgert hätte.

Herz ärgere dich nicht, denke ich, und am Ende vom lustigen Krankenhaus-Spielchen komme ich nach Meinung der Spielleiter um die Implantation eines Defibrillators nicht mehr herum. So lautete ja auch von vornherein das Krankenhaus-Wunschergebnis.

Ist schon klar, denke ich.

Tot zu sein war deutlich angenehmer, als das, was sich mir auf der Intensivstation bietet. Es ist furchtbar heiß im Zimmer. Draußen hängt die pralle Mittagssonne am Himmel, und ihr alleiniges Strahlenziel scheint die große Fensterscheibe des Krankenzimmers zu sein, in dem ich mich befinde. Die Fensterscheibe wiederum verteilt die Sonnenstrahlen und deren Heizkraft auf die Krankenbetten und ganz besonders auf meines. Ich liege auf dem Rücken ganz vorn beim Fenster, bin mehrfach verkabelt, wie eingewickelt, als wäre ich die Insektenbeute in einem gigantischen Spinnennetz. Der Rücken schmerzt. Ein Positionswechsel, der mir Linderung bringen könnte, ist nicht machbar, ohne dass nicht zugleich ein paar Drähte der Verkabelung unterbrochen werden, was ein gehöriges Gepiepe zur Folge haben wird, was wiederum die sofortige Ankunft der ohnehin schon gestressten Krankenschwester zur Folge haben wird, die böse Blicke und ermahnende Worte auf mich niederregnen lassen wird.

Es bleibt mir nichts übrig, als weiterhin käfergleich dazuliegen und zu schwitzen. Jede Sekunde, jede Minute. Immer. Kein Ende in Sicht. Und es ist noch nicht einmal früher Nachmittag. Hätte ich mich mal beizeiten in Meditation geübt. Zumindest ein paar dieser Konzentrationsübungen einstudiert, um den Schmerz ausgeschaltet oder wenigstens kleiner gestellt zu bekommen. Um mich vom Krankenbett aus direkt auf die grüne Wiese denken zu können oder ans Meer, lieber noch ans Meer. Fakt ist, ich gelange gedanklich nicht einmal bis zur Tür vom Krankenzimmer.

Es kommt auch niemand des Weges, der mich in den Schatten trägt …

Lisa besucht mich und fragt, wie es gewesen sei als klinisch Toter, ob ich ein Licht gesehen hätte oder sogar einen Film mit den entscheidenden Stationen meines Lebens von der Kindheit bis ins Heute.

Ich sage, dass es dort, wo ich gewesen bin, weder ein Licht, noch einen Film gegeben hätte.

»Vielleicht hast du es nur vergessen«, sagt Lisa. »Einen Film mit Ausschnitten aus meinem Leben, ich kann mir nicht vorstellen, dass ich den gleich wieder vergessen würde. Allem voran die Spannung, welche Szenen da gelaufen wären.«

»Es werden wohl kaum die Szenen sein, die du dir so vorstellst«, sagt Lisa, und ich denke, dass sie damit wohl recht hat. Womöglich werden ohnehin längst alle Leben in einem Chip, der sich beispielsweise im großen Zeh befindet, komplett aufgezeichnet und im Augenblick des Todes – der sehr lange dauern kann, weil zugleich auch die Zeit um einen herum stirbt – wird der Jahrzehnte-Film nach irgendeinem System in einem unfassbar schnellen Bildvorlauf vorgespult und nur an bestimmten Stellen angehalten, um dem Sterbenden genau diese Lebensausschnitte noch einmal vor Augen zu führen. Und wenn es dabei schon ums große Sterben geht, wäre es nur logisch, wenn das System der Filmausschnitt-Auswahl genau darauf beruhen würde. Das Sterben zwischendrin, die vielen kleinen Tode, die man stirbt im Laufe des Lebens oder die Todesfälle, die man zuvor miterlebt oder begleitet hat.

»Vielleicht hast du den Film auch gesehen, zumindest den Anfang, nur Gott hat es so eingerichtet, dass die Erinnerung daran im Augenblick der Reanimation sofort wieder gelöscht wird, damit es keinen Zeugen gibt. Ähnlich wie bei Kobra Übernehmen Sie.«

Ich nicke und denke, das wäre nur allzu verständlich, zumal Gott mit den Geheimnissen, die sich ums Sterben ranken, sehr sorgsam umgeht. Ich bin kein gläubiger Mensch, jedenfalls kein praktizierender, eher ein Zweifler mit leichter Tendenz zur Gläubigkeit an eine höhere Macht, wobei es mir nichts ausmachen würde, diese Macht als Gott zu bezeichnen, wäre der Name im Laufe der Menschheitsgeschichte nicht derart häufig missbraucht worden. Und selbst diese vage Tendenz zur Gläubigkeit zeigte sich im Laufe der Jahre immer wieder brüchig.

Das hat seine Gründe.

Kind sein III (Die sechziger Jahre)

Ich war neun Jahre alt und ging in die vierte Klasse, als sie für mich begann: Die Zeit der Banden. Plötzlich gab es sie überall: Banden von Kindern und Jugendlichen, die Straßen oder sogar ganze Stadtteile unsicher machten. Einige besaßen klangvolle Namen wie Die-Schwarzen-Rächer oder Kommando-Des-Grauens, andere waren namenlos. So wie wir. Vielleicht waren wir auch gar keine richtige Bande, sondern nur ein zusammengewürfelter Haufen Gleichaltriger aus ein und demselben Stadtteil.

Benno kam inzwischen häufig nach der Schule vorbei, man konnte fast sagen, er war mir ein Freund geworden, und eines Tages erzählte er uns von der Piepen-Rutsche, einer gigantischen Rutschbahn irgendwo im vier Kilometer entfernten Bochum-Weitmar gelegen.

Wir dachten, Benno übertreibt ganz ordentlich, und so hatten wir es zunächst nicht eilig, die Wunder-Rutsche zu besuchen.

Es war an einem Mittwoch, ein paar Wochen später, der Fußball war unauffindbar weggeschossen worden, über den Zaun hinweg direkt ins Nirgendwo, und keiner von uns hatte Lust auf ein anderes Spielchen. Benno erinnerte uns an die Wunderrutsche, und kurz darauf radelten wir los.

»Na was sagt ihr, hab ich euch zu viel versprochen?«

Benno lehnte sein Rad an den ersten besten Baumstamm und stieg die Stufen zur Rutsche hinauf. Wir anderen folgten ihm. Unsere Münder standen offen, ohne dass etwas herauskam. Jedenfalls keine Worte, höchstens Vokale oder einfach pures, staunendes Nichts. Die Rutschbahn maß zig Meter in der Länge, hatte ein schwindelerregendes Gefälle mit Kurven und Krümmungen und mündete schließlich in einen geräumigen Sandkasten. Wir waren verzaubert. Lauter kleine Robinsons, die nach Jahren öden Inseldurchstreifens endlich ihrem persönlichen Freitag begegnet waren: der Piepen-Rutsche.

Wir rutschten und rutschten. Viel zu spät radelten wir nach Hause zurück. Egal wie die Strafpredigt unserer Eltern ausfallen würde, wir würden auf jeden Fall wiederkommen. Und zwar am nächsten Tag schon.

Der Spaß hielt genau drei Tage. Während des vierten Ausflugs, bemerkten wir, dass wir nicht allein waren. Sie kamen von überall her, umstellten den Sandkasten, umzingelten uns. Es waren zehn Mann.

»Wir sind die Piepen-Rutschen-Bande«, sagte der Gewaltigste von Ihnen, »ergebt euch!«

Sie waren klar in der Überzahl, zudem im Schnitt ein Jahr älter, zumindest aber einen Kopf größer als wir. Wir hatten keine Chance und hissten die weiße Fahne (im übertragenen Sinne - in Wirklichkeit schwenkten wir unbenutzte Papiertaschentücher).

Ich weiß nicht, ob das Blut irgendwelcher Mafiosi in den Mitgliedern der Bande floss, jedenfalls reichte es ihnen nicht, dass wir uns ergaben, sie verlangten zusätzlich ein happiges Schutzgeld für weitere Rutschpartien. Eine Mark die Stunde pro Kopf. Im Voraus.

Der Gewaltigste war praktischerweise auch ihr Anführer, jedenfalls ergriff er wieder das Wort: »Falls einer von euch Pappnasen auf die Idee kommen sollte, sich noch einmal vorm Bezahlen zu drücken, kann es für euch alle sehr unangenehm werden.«

Er grinste und die anderen neun Bandenmitglieder riefen im Chor: »Verdammt unangenehm!«

Der Gewaltigste hielt mit einem Mal eine schwarze Fahne in der Hand, die er in den Sand rammte. Die Fahne zierten ein Totenkopf und ein der Märchenwelt entliehener grausamer Vers: »Ruckedigu, Blut ist im Schuh!«

Bedrohlich flatterte die Botschaft vor uns im Sand, und auf ein geheimes Kommando rissen alle zehn ihre Holzschwerter in die Höhe und fuchtelten damit vor unseren Gesichtern herum. Es war klar, dass es der Bande nicht um die Suche nach der richtigen Braut ging.

Das hier war kein Märchen. Erstaunlicherweise zeigten sie sich fair genug, uns die bisherigen Rutschpartien nicht groß in Rechnung zu stellen. Es reichte eine einmalige Gruppenpauschale von fünf Mark, die wir gerade eben zusammen bekamen. Ehe wir uns zurückziehen durften, mussten wir als eine Art Ehrerbietung der Reihe nach die Schuhsohlen des Anführers küssen.

»Ihr wisst nun Bescheid, wie das hier läuft, und wir kennen eure Gesichter, also haltet euch an die Regeln, sonst ...« An dieser Stelle stoppte der Anführer seine Schlussbelehrung und deutete vielsagend auf das Fahnenlogo, um im Anschluss in dreifacher Lautstärke fortzufahren: »Ruckedigu, dann ist Blut im Schuh!«

An den folgenden Tagen bastelten wir Holzschwerter und erprobten uns im Kampf. Wir waren lausige Gladiatoren. Noch gegen Ende der Trainingsphase gab sich ein jeder von uns sofort geschlagen, wenn das gegnerische Schwert nur mit mittelprächtiger Wucht Finger oder Daumen der Kampfhand traf.

»Das war Absicht, du Arsch!«

»Das war gar nichts!«

»Gar nichts? Soll ich dir mal so auf die Finger hauen?«

Derartige Dialoge würden uns im Ernstfall kaum weiterhelfen. Dennoch machten wir uns gegenseitig Mut und radelten knapp vier Wochen später zu zwölft und bewaffnet in Richtung Rutschbahn. Wir würden nicht bezahlen, uns dem Kampf stellen, das hatten wir uns geschworen. Insgeheim hoffte jeder von uns, die Piepen-Rutschen-Bande hätte sich inzwischen aufgelöst oder wäre einfach nicht anwesend wie die ersten drei Male. Wir umkurvten den Platz großflächig und stellten unsere Räder erst ab, als wir sicher waren, dass sich lediglich ein paar harmlose Kinder in der Umgebung aufhielten. Dann rutschten wir. Sitzend. Kerzengerade. Ein jeder mit seinem Schwert in den Händen. Nach einer Stunde hatten wir den Bandenterror vergessen. Die Schwerter wurden beim Rutschen nicht weiter krampfhaft umklammert. Auch unsere Gesichtszüge hatten alle Anspannung verloren. Wir waren wieder lauter Robinsons, und die Piepen-Rutsche unser Freund Freitag.

Ich weiß es noch genau. Ich hatte mich zum Pinkeln ins Gebüsch oben bei der Rutsche zurückgezogen. Und da war dieser schwarzbraune Käfer, der auf dem Rücken lag und die Käferbeine hilflos in die Luft streckte. Einen Augenblick überlegte ich, ob ich ihn herumdrehen, oder liegen lassen und später mitnehmen sollte. Solange er auf dem Rücken lag, konnte er schließlich nicht davonkrabbeln.

Als ich die Stufen zur Rutsche hinaufstieg, kam es mir merkwürdig ruhig vor. Keine Spur, kein Laut von meinen Freunden. Sie werden im Sandkasten hocken und Pause machen, dachte ich. Es war allerdings auch die Stimme in mir, die mich zur Vorsicht mahnte. Ich ignorierte sie. Es gab keine Kampfgeräusche, und außerdem hatte ich was gut beim lieben Gott. Ich hatte vor wenigen Augenblicken dem Käfer das Leben gerettet. Total uneigennützig. So rutschte ich meine zwanzigste Rutschpartie, auf dem Rücken liegend, den Kopf voran, die Augen geschlossen, das Schwert lässig neben mir abgelegt, nur locker am Hosengürtel befestigt.

»Da ist er ja, der Chef des Pappnasenhaufens!«, drang die Stimme des Anführers auf mich ein. Seine rechte Hand hielt das Schwert, dessen Spitze gegen meine Bauchdecke stieß.

Ich hatte keine Ahnung und hegte auch keinen Verdacht, dass tatsächlich einer meiner Freunde mich, womöglich um die eigene Haut zu retten, als Anführer ausgegeben hatte. Ich war vielmehr überzeugt, das Großmaul vor mir hatte den Spruch nur von sich gegeben, um seine Jungs zu beeindrucken. Jedenfalls, in dem Augenblick, als der Big Boss der Piepenrutschenbande grinsend über mir thronte und mit seinem Schwert wahllos Ziele in meiner Bauchgegend anvisierte, um hineinzupiksen, war von meinen Freunden keiner mehr zu sehen. Ich wusste nicht einmal, ob sie noch lebten. Ihre Waffen lagen zu einem Scheiterhaufen aufgetürmt am Rande des Sandkastens, und die Bande hatte sie offensichtlich in Brand gesetzt. Sie schienen in Ekstase, johlten und hüpften um das Feuer wie Indianer auf dem Kriegspfad. Dazu wurde die schwarze Fahne heftig geschwenkt, und ein Ruf kam aus allen Mündern: »Ruckedigu, Blut ist im Schuh!«

Das Knistern der Flammen mischte sich unter die Schlachtrufe, und ich zuckte und zuckte, weil die Schwertspitze pikste und pikste.

»Schönen Dank auch«, dachte ich noch immer wehrlos im Sand auf dem Rücken liegend mit Blick gen Himmel, »das nächste Mal trete ich den Käfer sofort zu Brei!«

Auch mein Schwert starb den Flammentod. Außerdem musste ich meine gesamte Barschaft abliefern, ganze zwei Mark und achtzig. Drei wertvolle Glasmurmeln folgten. Und meine Schuhe. Das Fahrrad ließen sie mir, allerdings ohne Luft in den Reifen und ohne Ventile.

Fünf Kilometer Fußmarsch lagen vor mir.

Unterwegs blieb viel Zeit zum Nachdenken. Und ich dachte, Gott ist ein Arschloch.

Tot sein III (2000)

Ich befinde mich im Haus meiner Eltern. Im Kinderzimmer. Es ist kurz vor Mitternacht. Kein Schlaf kommt über mich. Ich höre Musik über Walkman. Miracle Of The Rose von In The Nursery, Colours und Rain From Heaven von den Sisterhood, dazu Timewind von Klaus Schulze.

Was kann da alles passieren und was nicht mit solch einer Musik. In mir. In allen vier Wänden, im Raum. Ich nehme die Stimmung der Nacht und die Musik mit in jeden Raum. Ob sie hineinpassen oder nicht. Und ich bin mit ihnen und Teil von ihnen. An diesem Abend, in dieser Nacht jedoch nicht, wegen all der Dissonanzen, die in mir nicht sind, in den Räumen aber schon ...

Mutters Stimme vor sieben oder acht Stunden, laut wie grell, von der Küche in den Flur geschickt, an allen Raufasertapeten vorbei, am in die Wand eingelassenen Kleiderschrank, der leicht schief hängenden Garderobe neben der Eingangstür, dem vergilbt weißen Telefonapparat auf dem Tischchen gegenüber, dessen Schnur nie irgendwohin reichte, sodass man bis ins Teenager-Alter gezwungen war, seine Gespräche – und mochten sie noch so intim sein – im Wohnungsflur in unmittelbarer Nähe dieses Tischchens zu führen. Die bescheidene Länge der Schnur sorgte dafür, dass es kaum möglich war, sich aufzurichten beim Telefonat. Und derart niedergebeugt kroch das Gespräch aus einem heraus.

Vater war immer als Erster am Telefon, ein durch und durch unfreundlicher Erster.

»Welche Linda?«, hatte er mit der Stimmlage einer unfreundlichen Telefonauskunft gefragt.

Ich hatte Linda kurz zuvor erst kennengelernt, sie wollte mich sprechen am Telefon, und meinem Vater kam nichts anderes in den Sinn, als sie mürrisch zu fragen: »Welche Linda?« Gerade so, als wäre es der zehnte Tagesanruf in der Angelegenheit eine Linda möchte Klaus sprechen. Dabei gab es noch kein Facebook, nicht einmal My Space, nichts, was mir möglich gemacht hätte, gleich mehrere Lindas zu kennen. Ich habe auch später nie wieder eine Linda kennengelernt. In all den Jahren nicht, die noch folgten.

An diesem Nachmittag also, Jahrzehnte nach Lindas Anruf, ging Mutters Stimme durch den Wohnungsflur, von der Küche aus losgeschickt. Laut genug, um hinten im Schlafzimmer anzukommen. Da lag mein Vater auf dem Bett, im Todeskampf, im Sterben.

Und die Stimme meiner Mutter, die in der Küche den Abwasch vom Kaffeegeschirr besorgte und nichts mitbekommen hatte von seinem Zustand, trug donnernd die Worte ihrer Botschaft an sein Bett:

»GÜNTER, WAS IST MIT DEM LEBERWURSTBROT?!«

Womöglich erblickte mein Vater schon Umrisse dessen, was ihn auf der anderen Seite erwartete, und es galt hier auf Erden nur noch den letzten Zipfel Leben loszulassen, vielleicht untermalt von einem schönen Klang, etwa dem Winter aus Vivaldis Vier Jahreszeiten. Das wäre ein Übergang gewesen. Und nicht die durch den Flur geschmetterte Frage nach dem Verbleib seines nicht aufgegessenen Leberwurstbrotes.

Es wanderte in den Müll.

Später, nachdem der Notarzt da gewesen war und Vaters Tod festgestellt hatte.

Es war angebissen, das Brot, und wohl niemand hätte es noch zu Ende essen mögen, nicht einmal der Bestatter, obgleich der schon extrem gierig war.

Man hätte es ihm schicken sollen, als eine Art Bonuszahlung …

Stimmen III

»Wenn der Defibrillator anspringt und dir einen Schlag verpasst, fliegst du bis zur Tür«, sagt Benno.

»Im Nirwana vielleicht«, sage ich.

»Da gibt es keine Türen«, sagt Benno, und dann warnt er mich vor Mikrofaserbettwäsche.

»Die elektrostatische Aufladung macht es möglich, dass Informationen über dich weitergegeben werden«, sagt er, und dass ich naiv wäre, wenn ich glaube, dass der Defibrillator nur die eine Funktion hätte, mein Herz zu schützen.

»Der Defibrillator kommuniziert mit der Bettwäsche?«, frage ich.

»Überall ist Kommunikation, die Dinge leben auf ihre Weise und über allem wacht Frankenstein«, sagt Benno.

Crazy thing called love II (1981)

Als wäre es nicht schon genug damit, Ernst zu heißen mit Vornamen, da fuhr dieser Ernst, irgendein Onkel oder sonst ein entfernter Verwandter von mir, einen babyblauen Opel Kadett! Diesen Kadett hatte er sich vor Jahren genauso im Katalog ausgesucht und bestellt. Als Neuwagen. Hatte ihn ein Vermögen gekostet. Zumindest einige Monatsgehälter. Dabei war Ernst nur fünf oder sechs Jahre älter als ich, allerdings schon als Kind weißhaarig …

Manch einem fällt nicht mehr ein im Leben, als es sich sofort in seiner Schublade gemütlich zu machen …

Was ich damit zu schaffen hatte? Ich kaufte dieses Auto. War ohne echte Alternative, wie fast immer. Hatte nur minimal Geld übrig für ein neues Gefährt. Beim Zustand »minimal Geld« gilt in besonderem Maße: Je attraktiver das angebotene Auto, desto kaputter.

Nach drei gutaussehenden Auto-Flops, die mich zuletzt jeweils nur für ein paar Monate – und dazu recht störrisch – begleitet hatten (beim dritten hatte es sich um ein feuerrotes Peugeot Cabrio gehandelt, bei dem nach dem ersten Volltanken während der Fahrt über Kopfsteinpflaster der Tank aus der Karosserie herausgebrochen und somit abgefallen war), würde ich nun also in solidem babyblau daher kommen.

Tucker, Tucker.

Ich gab Onkel Ernst, dem ewig Weißhaarigen, mit Sicherheit war er langjähriges Mitglied im Joe-Cocker-Fanclub, die geforderten dreihundert Mark, und er drückte mir kurz die Hand, so mittel-mäßig fest, und sagte dabei, ich solle gut aufpassen auf seinen Carlo.

Das Gefährt trug tatsächlich einen Vornamen.

Lustig.

Obgleich Ernst eher traurig aussah, als ich mit Carlo Kadett davon fuhr. Fröhlich zumute war auch mir nicht gerade. Aber ohne Auto, das ging gar nicht, das war wie eingesperrt sein ...

»Die Kiste hält ewig«, sagte Sue, als ich sie das erste Mal mit Carlo Kadett in Gelsenkirchen besuchte, und dann lachte sie und sagte, dass es total schräg aussehen würde, wie ich dort in der babyblauen Karosserie hinter dem Lenkrad hocken würde. Als ich mich nach rechts beugte und ihr die Beifahrertür aufhielt, weigerte sie sich hartnäckig, einzusteigen. Sie habe einen Ruf zu verlieren, sagte sie, und wenn sie ein Bekannter oder eine Bekannte aus Gelsenkirchen in dieser Kiste sehen würde, wäre ihr Ansehen quasi augenblicklich zurück auf null gesetzt.

Es blieb mir nichts übrig, als auszusteigen. Carlo vor Ort abzuparken und Sue zur Haltestelle zu begleiten.

Wir fuhren mit dem Bus in die Stadt. Drei Haltestellen und fünf Minuten zu Fuß, dann saßen wir im Café Arminstraße. Einem Eldorado für Hippies.

Wir suchten sofort Kontakt zu den Hippies, in erster Linie zu den Verliebten unter ihnen, die sich zum Kaffeetrinken und Selbstgedrehterauchen befummelten oder tätschelten, eben dieses ein wenig tapsig-ungeschickte Kuscheln in voller Bekleidung an sich vollführten. Wir guckten uns ein Pärchen aus, mit dem wir beginnen wollten, holten unsere Einmachgummis und Papierkügelchen aus den Jackentaschen und beschossen die Auserwählten. Wenn sie spürbar getroffen wurden, im Gesicht etwa, und sich in einer Mischung aus ängstlich, verärgert und gehetzt umsahen und dabei zwangsläufig auch uns in Augenschein nahmen, taten wir ganz harmlos. Sobald sie sich abgewendet hatten, um sich erneut dem Kuscheln hinzugeben, holten wir unsere Kontaktaufnahmegeräte hervor und ließen erneut die Kügelchen fliegen. Platsch, platsch an die Backen.

Es passierte aber weiter nichts. Der Kontakt zu uns wurde nicht ein einziges Mal aufgenommen, obwohl es irgendwann hätte klar sein müssen, dass nur wir die Schützen gewesen sein konnten. Die Hippies guckten dann zwar recht lange zu uns herüber, böse auch, so hippiemäßig ergrimmt, aber sie kamen nicht. Letztlich Friedensmenschen durch und durch.

»Oh Lord, Won't You Buy Me A Mercedes Benz ...«

Bei dem Gedanken an Janis Joplin wurde uns gleich langweilig. Wir packten unsere Einmachgummis zurück in die Jackentaschen und unterhielten uns über Literatur. Sue liebte Henry Miller, von dem ich kaum etwas gelesen hatte, und den ich bis dahin für einen pseudo-versauten Schreiber hielt, der aus purer Berechnung extra abstoßend über seine angeblichen Sexaffären schrieb, um aufzufallen und sich als Autor einen Namen zu machen. Da stand ich mehr auf Hermann Hesse und seine mystisch verklärten Romane wie Demian oder Der Steppenwolf. Diese Bücher fand Sue überwiegend langweilig und auch altmodisch. Wenn man sie so reden hörte, konnte man meinen, sie wäre eine Nymphomanin, also sexbesessen, aber das war sie gar nicht, zumindest nicht in meiner Gegenwart. Da spielte sie eher die Verstörte. Sobald ich sie anfasste, zuckte sie zusammen und machte auf erschrocken verängstigte Unberührte. Vielleicht war es ein Spiel, und sie hoffte tatsächlich, dass ich irgendwann den aufgegeilt-willenlosen Vergewaltiger in mir hervorkehren, über sie herfallen, sie einfach nehmen würde, wie es in entsprechenden Romanen beschrieben stand.

Ich nahm sie nicht. Mich turnte ihr Verhalten ab. Ich dachte, was zum Henker hat sie nur? Warum dieses Verstörtseingetue? Ansonsten war ich sehr gern mit Sue unterwegs, es gab immer eine Menge zu lachen und zu staunen. Zudem sah sie aus wie ein Top-Model aus der Werbung, und es hatte etwas, wenn die Leute uns ansahen und sich wunderten, dass so ein Top-Model mit mir zusammen war. Was sie gar nicht zu hundert Prozent war, aber es hatte den Anschein. Irgendwann fragte Sue, ob Carlo wenigsten Liegesitze hätte.

»Carlo hat«, sagte ich und erinnerte mich, dass Ernst beim Verkaufsgespräch extra darauf hingewiesen hatte, wobei es mir recht seltsam vorgekommen war, dass er überhaupt davon gesprochen hatte. Ich konnte mir jedenfalls nicht vorstellen, dass er auch nur einmal von den Liegesitzen Gebrauch gemacht hatte, außer vielleicht um seinen Rausch auszuschlafen.

»Okay«, sagte Sue, dann fahren wir Samstagabend mit deinem Kasperauto durch die Gegend.«

Es war Samstag. Es war Abend.

Sue kam mit der Bahn zum Bochumer Hauptbahnhof und stieg erst dort zu mir in den babyblauen Kadett.

»Die Kiste hat sogar ein Kassettenabspielgerät, ich werde verrückt«, sagte sie und schob ein Tape ein. Everything's Gone Green von New Order kam aus den Auto-Lautsprechern. Man konnte die Lautstärke nur auf sechs von zehn stellen, schon bei sieben klang der Sound grell verzerrt und übersteuert. Ab acht auf der Skala konnte kein Mensch mehr den Song erraten, der gerade lief.

»War ja klar, wer auch immer sich ein derartiges Gefährt zum Neupreis gekauft hat, hört garantiert nur leise Walzer-Musik, oder vielleicht noch Nachrichten und Wetterberichte«, sagte Sue und damit lag sie wohl zumindest bei Onkel Ernst richtig.

Ich hatte eine Flasche Sekt gekauft, obwohl ich Sekt nicht besonders mochte. Aber ich dachte, kauf mal ruhig eine Flasche Sekt, das gehört irgendwie dazu.

Vom Bahnhof Bochum aus fuhren wir auf einen abgelegenen Parkplatz, am Rande eines Vorortparks. Dort klappte ich die Liegesitze herunter. Ein nahtloser Übergang zur Rückbank war's nicht gerade und der Bereich der Fahrzeugmitte lag zwischen uns wie ein Burggraben, in den man auf keinen Fall stürzen durfte. Eigentlich unvorstellbar auf diese Weise das erste Mal miteinander Sex zu haben. Zunächst lag jeder von uns auf seiner Seite, dem anderen zugewandt. Der Korken knallte und flog gegen das Wagendach. Wir tranken Sekt. Als die Flasche leer war, hätte es losgehen können mit uns, aber Sue musste erst einmal pinkeln. Also raus aus Carlo Kadett in die Dunkelheit. Es fühlte sich an, als wäre sie eine Ewigkeit fort, mir kamen zig bizarre Mordszenarien von im Wald lauernden Killern und Vergewaltigern in den Sinn.

Als Sue endlich unversehrt zurück war, musste ich dann pinkeln, und Sue rief mir hinterher: »Pass auf, dass du keine Spinnen von draußen mitbringst!«

Ich kam zurück, und Sue verlangte tatsächlich von mir, dass ich mich nackt auszog, damit sie sicher sein konnte, dass ich ohne Getier aus der Natur zurückgekehrt war. Ich war einverstanden, aber nur, wenn sie sich auch auszog. So zogen wir uns dann aus. Keiner von uns hatte eine Spinne unterm Arm oder sonst wo.

Vorausschauend hatte ich an eine Wolldecke gedacht, denn Kadett Carlo verfügte über keine Standheizung. Sue kam zu mir herüber, um aus nächster Nähe zu überprüfen, ob sich nicht doch noch irgendwo ein Insekt bei mir verborgen hielt. Und eigentlich lag sie während der Überprüfung schon halb auf mir, da mein Liegesitz keinen Platz bot für zwei Personen. Ich hielt sie am Po fest, damit sie nicht in den Graben abrutschte, und wir küssten uns lang und schmutzig. Ihre Muschi war ordentlich feucht und mein Schwanz glitt ohne Zuhilfenahme unserer Hände in Sue hinein.

Wir fickten.

Unvorstellbar, aber Wirklichkeit.

Es wurde nicht gerade der geilste Fick meines Lebens, aber weit besser, als ich es mir vorgestellt hatte. Und für ein erstes Mal unter diesen Bedingungen lief es schon fast sensationell. Es hätte also tatsächlich etwas werden können mit uns beiden. Die ganz große Beziehungskiste. Aber es wurde nichts. Schon beim nächsten Treffen lief alles wieder wie vorher. Sue machte auf verklemmt und unnahbar. Wir tranken eimerweise Kaffee, rauchten eine nach der anderen, hatten Spaß ohne Ende, aber keinen weiteren Sex. Wir sprachen nicht einmal über unseren Fick-Abend. Es war so, als hätte es diesen Abend nie gegeben. Das änderte sich auch nicht, als ich nach Kadett Carlo einen zwar forstgrünen, aber doch weit geräumigeren Audi 80 fuhr.

Sue heiratete einen Typ namens Peter. Sie nahmen ordentlich Meskalin zu sich und noch andere bewusstseinserweiternde Substanzen. Wenn Sue davon erzählte, schien es so, als machten sie einen Wettstreit, wer von beiden eher in der Psychiatrie landen würde. Dabei war Peter ein netter Typ. Schräg und nett zugleich. Zahntechniker von Beruf. Gerüchten zufolge sind sie irgendwann nach Australien ausgewandert, obwohl es gerade dort die gefährlichsten Spinnen geben soll …

Kind sein III (1966)

Ich hatte kein Pferd.

Ich wollte auch keins.

Ich mochte Pferde nicht besonders.

Ich war ein Zu-Fuß-Cowboy, als ich so um die zehn Jahre alt war. Am Hemd trug ich einen silbernen Sheriffstern und um die Hüften einen Pistolengurt mit Halfter, in dem sich ein Trommelrevolver mit einer Sechsschusstrommel befand. Geladen wurde mit dunkelroten Platzpatronen Marke Extralaut. Trotzdem wäre ich lieber Indianer gewesen, ein Apache wie Winnetou, aber mein Freund Benno war ein halbes Jahr älter und stärker als ich, und es war bei uns zu Hause in Wattenscheid-Eppendorf nur Platz für einen Häuptling der Apachen. Am Ende blieb für mich nur die Rolle vom Sheriff Old Shatterhand. Mir war auch egal, ob der echte Shatterhand überhaupt Sheriff war. Wenn ich schon kein Winnetou sein durfte, dann zumindest alles an attraktivem Rest, was – egal ob Realität oder Fantasie – im wilden Westen so herumlief, und das war für mich: Sheriff Old Shatterhand.

Für diesen ganz besonderen Tag hatten Benno und ich Karten für die Fünfzehn Uhr Vorstellung im Kino unten im Dorf. Da hatten wir beide im Vorfeld drauf gespart. Es lief Winnetou Drei.

Gegen Mittag hockten wir bei Benno daheim im Garten. Die Zeit totschlagen. Eine gute halbe Stunde noch. Wir saßen nur so herum. Benno sah albern aus. Sein Kopfschmuck mit den Federn hing auf halb acht. Außerdem war er wieder mal viel zu blass im Gesicht für eine Rothaut, da nützte auch der Federkranz nichts und die Plastik-Winchester, die nur Plopp machte und nicht einmal richtig knallte.

Ich sagte es ihm aber nicht. Lachte nur so in mich hinein und dachte, was für einen lausigen Apachen-Häuptling er doch abgab. Und darüber hinaus dachte ich noch, dass das doofe Schicksal ihn ungerechterweise fünfeinhalb Monate älter und stärker gemacht hatte als mich, was in meinen Augen spiegelbildlich war für die Niederlage der Indianer im Kampf mit den Bleichgesichtern. Zumindest irgendwie ...

Dennoch siegte an diesem Tag auch bei mir die gute Laune. Schon wegen der Vorfreude auf den Kinofilm. Es war bis dahin bereits ein Tag zur Freude gewesen. Die Sonne schien, ich hatte eine zwei in der Klassenarbeit, der Revolver war geladen und überhaupt ...

Das kleine Radio im Garten schepperte drauflos. Es lief ein Song von den Beatles. Neben Obladi, Oblada der dämlichste, den sie je gemacht hatten: Yellow Submarine. Dieses Lied war auf so eine plumpe Weise fröhlich, als wolle es die Existenz unglücklicher Hühner auf dem Hühnerhof leugnen. Die meisten Erwachsenen haben eine Schwäche für solche Songs, weil sie glauben wollen, dass Hühner, die Eier legen, allein schon deshalb glücklich sind, weil sie Eier legen dürfen. Ist natürlich Bullshit. Habt ihr einer Henne mal dabei zugesehen, beim Eierlegen? Das tut verdammt weh. Die kneift ihre

Augen zusammen und presst das fette Ei hinten raus. Plopp. Nach dem dritten Ei tut ihr tagelang der Arsch weh. Das könnt ihr mir glauben!

Bennos Oma Wilma öffnete das Fenster zum Garten hinaus, das sich in etwa drei Meter über uns befand. Das allein verhieß nichts Gutes. Sekunden später hing ihr Oberkörper über dem Fenstersims und ihre Befehlsstimme schnarrte los. Benno solle sofort Zigaretten kaufen gehen unten im Dorf am Büdchen. Sie habe schon dort angerufen, und Bescheid gesagt, dass gleich ein Elfjähriger vorbeikommen würde mit dem Zettel mit ihrer Handschrift, damit es keine Probleme gäbe. Das Münzgeld wickelte sie wie immer in das Stück Papier, auf dem sie die Bestellung notiert hatte, und warf es dann als kleines Pack aus dem Fenster.

Wir schauten beide nach oben, um zu sehen, wo es hinfiel, und waren dabei auf der Hut. Vor ein paar Wochen war ich schon einmal dabei gewesen, als die Alte Geld für den Einkauf aus dem Fenster geworfen hatte. Benno hatte das Wurfgeschoss volles Rohr an den Kopf gekriegt. Da waren Kopfschmerzen angesagt. Den ganzen Tag. Er musste trotzdem los, einkaufen gehen. Die Alte hatte ihn kein bisschen bedauert, sondern gleich losgebrüllt: »Stell dich nicht so an, im Krieg hat man noch ganz andere Sachen an den Kopf gekriegt.«

Ich dachte, das mochte schon so gewesen sein, aber die Soldaten im Krieg hatten es danach auch hinter sich und mussten nicht mit Kopfschmerzen los zum Kiosk wie Benno. Soweit die Kopfschmerz-Story. War im Augenblick unwichtig, außer vielleicht, man käme auf die Idee, mit Oma Wilma handeln zu wollen. Motto: Ich werde nicht zur Bude gehen, weil ich ins Kino möchte. Total sinnlos!

»Wenn wir die Straße nehmen, könnte es verdammt knapp werden«, sagte ich.
Benno nickte.
Dann schwiegen wir einen Moment.
Blieb noch der Weg über die Wiese. Zehn Minuten kürzer. Wäre also kein Problem. Nur, da war das Pferd. Böser Fury aus Wattenscheid-Eppendorf. Der Klepper war steinalt und dennoch immer voll auf Angriff aus. Eine Art Schlachtross, hatte womöglich nicht mitgekriegt, dass der Zweite Weltkrieg schon lange vorbei war. Ein schmierig graues Schlachtross, ein bisschen fett, aber extrem schnell zu Fuß. Wenn man riskierte, durch die Wiese ins Dorf zu gehen, sollte man unbedingt den Pferdekopf im Auge behalten. Hob sich dieser aus dem Gras und signalisierte so Interesse an den Geräuschen, die aus der näheren Umgebung zu ihm drangen, war hektische Flucht angesagt. Es gab keinen Zaun oder Draht oder was auch immer, nichts, was die vierbeinige Furie hätte aufhalten können. Der Bauer hatte zur Warnung vor Böser Fury lediglich ein Schild an beiden Enden der Wiese aufgestellt: »Privatbesitz! Durchgang auf eigene Gefahr!«
»Wenn du einen Revolver hättest«, sagte ich, »könntest du auf den Klepper schießen. Durch den Knall haut der bestimmt ab.«

«Oder auch nicht», sagte Benno, «kann ja sein, das Knallgeräusch macht ihn nur noch wilder.»

»Dann schieß ich eben, das lenkt ihn von dir ab. Ich bleibe am Weganfang stehen und warte, was passiert, und sobald der Gaul auf dich losgeht, schieße ich ein paar Mal in die Luft.«

Ein guter Plan.

Und so machten sich Winnetou, der Häuptling der Apachen von Wattenscheid-Eppendorf, und sein Freund Sheriff Old Shatterhand auf den Weg in Richtung der etwa dreihundert Meter Gefahrenzone, um für Oma Wilma eine Schachtel Ernte 23 am Büdchen im Dorf zu holen.

Böser Fury stand wiesenmittig. Die Pferdezähne ins Gras gehauen. Kauend.

»Ich bleib jetzt hier stehen«, sagte ich und hielt demonstrativ den Revolver im Anschlag.

Der Sheriffstern glänzte in der Sonne und der silberne Revolver auch.

Der Häuptling der Apachen blieb neben mir stehen. Er war noch blasser als vorher.

»Was ist?«, sagte ich, »du musst los, sonst wird's auch über die Wiese zu knapp.«

»Und wenn wir tauschen?«, sagte Benno.

»Tauschen?«

»Ich gebe dir das Geld, und du gehst zur Bude.«

»Da müsste ich ja blöd sein«, sagte ich, »also wenn du jetzt nicht voran machst, gehe ich allein ins Kino.«

Benno sagte, dass er nicht könne, er habe seit der Kindheit eine Pferdeallergie.

»Pferdeallergie?«, sagte ich, »was soll das denn sein?«

Als er sechs Jahre alt war, hätte ihn ein Pferd gebissen, sagte Benno.

Das klang schon sehr komisch. Wie ausgedacht. Ich glaubte ihm kein Wort davon. Aber die Angst war da. Die war ihm anzusehen.

»Gut«, sagte ich, »ich gehe, aber dann tauschen wir komplett, und ab sofort bin ich Winnetou. Und wenn ich es mit den Zigaretten über die Wiese zurück bis zum Garten schaffe, bleibe ich ein ganzes Jahr lang Winnetou.«

Benno war einverstanden. Es blieb auch keine Zeit für langwierige Verhandlungen. Er nickte also und gab mir sein Indianerehrenwort. Vorerst sein letztes. Schon war er Old Shatterhand. Ohne Sheriffstern. Den behielt ich.

Wir zogen uns in Windeseile um. Passte mir alles ganz gut soweit. Yippie Yeah, ich war Winnetou!

Die ersten Schritte setzte ich behutsam. Sah auch mal zurück Richtung Benno. Er stand am Weganfang und hielt den Revolver im Anschlag.

Der Klepper fraß weiter Gras.

Alles bestens.

Ich hatte gut die Hälfte der Strecke zurückgelegt, als ich den Knall hörte. Benno hatte geschossen. Der Knall war eindeutig aus seiner Richtung gekommen. Warum aber hatte er geschossen? Einfach so, oder aus Versehen? Böser Fury hatte jedenfalls noch keine Anstalten gemacht, auf mich loszugehen. Trotzdem hatte Benno geschossen. Vor Schreck blieb ich erst einmal stehen. Und dabei sah ich, wie Böser Fury den Kopf aus dem Gras hob, kurz zu uns herüberschaute und sich dann in Bewegung setzte. Er rannte Richtung Knall, also Richtung Benno. Und Benno? Benno Shatterhand tat gar nichts. Das heißt, er blieb stehen und starrte. Er gab auch keinen weiteren Schuss ab. War wohl gelähmt vor Schreck. Und der Klepper rannte ihn einfach über den Haufen. Nichts, nicht einmal ein Schrei war von Benno zu hören.

Was tust du nun?, dachte ich, was zum Henker hätte Winnetou getan mit seinem Blutsbruder Old Shatterhand?

Nichts, denn der wäre niemals in eine derart blöde Situation hineingeraten.

Ich konnte Benno gar nicht mehr sehen. Böser Fury hatte seinen Pferdekörper vor ihm postiert, und sein Pferdemaul hing wohl direkt über Benno Shatterhand. Wahrscheinlich fraß er ihn gerade auf. Eine Schande ist das, dachte ich, dass dieser Feigling dich vor ein paar Wochen im Armdrücken geschlagen hat.

Es tat sich nichts weiter am Weganfang. Im Augenblick sah alles friedlich aus dort drüben. Vielleicht war auch gar nichts Schlimmes passiert. Der Klepper hatte Benno einfach nur umgeworfen und das war's schon. Ich beschloss, erst einmal die Zigaretten kaufen zu gehen und dann auf dem Rückweg nach Benno zu sehen. Wenn noch eine Chance bestand, rechtzeitig ins Kino zu kommen, musste ich erst einmal den Einkauf erledigen. Außerdem wollte ich meinen Teil des Deals ableisten, meinen Einsatz für ein Jahr Winnetou sein ...

Es ging alles glatt am Büdchen. Ich hatte die orangenfarbene Schachtel Zigaretten in der Jackentasche verstaut und machte mich auf den Rückweg. Ich summte ein Lied. Was mir gerade so einfiel. We All Live In A Yellow Submarine, Yellow Submarine, Yellow Submarine ...

Die Wiese lag vor mir.

Der Song hinter mir.

Wo war Böser Fury? Stand rasenmittig, graste, kaute.

Ich ging strammen Schrittes weiter, ohne in auffälliges Laufen zu wechseln, und hatte alsbald schon freie Sicht auf die Stelle, an der Benno Shatterhand gestanden, später gelegen hatte. Aber da war nichts. Er war nicht da. Nichts von ihm. Nichts, was auf seine Anwesenheit hindeutete. Ich bewegte mich weiter in Richtung Garten von Bennos Eltern und Großeltern. Benno stand beim Gartentor.

»Hast du die Zigaretten?«

Ich gab sie ihm.

»Warte kurz!« Er verschwand im Hauseingang. Zwei Minuten später war er zurück. Wir gingen ins Kino. Unterwegs sagte keiner von uns ein Wort. Wir gingen sehr schnell. Wollten nichts verpassen vom Film. Verpassten nichts.

Nach Filmende trennten sich unsere Wege. Die Wohnungen unserer Eltern lagen vom Kino aus in entgegengesetzter Richtung.

»Also bis Morgen, Shatterhand«, sagte ich, »gehst du über die Wiese?« Ich dachte, mit einem lockeren Spruch könnte ich noch etwas in Erfahrung bringen, aber Benno sagte nur: »Bis morgen dann.«

Die nächsten zwanzig Tage sah ich ihn nicht. Er hätte die Masern, hieß es. Als er zurückkam, hatte er nichts mehr am Hut mit Wildwest. Er war nun Tarzan, der König des Dschungels.

Ein halbes Jahr später war Benno tot. Tarzan Benno war vom Kleiderschrank aufs Bett gesprungen, ohne Liane. War dabei falsch aufgekommen, mit der Seite gegen das Bettgestänge geschlagen. Innerlich verblutet. Eine schreckliche Sache. Wenn ihr mich fragt: Böser Fury war schuld! Egal, was er an jenem Nachmittag mit Benno angestellt hatte, ob er ihn nur abgeleckt oder vollgepisst hatte, der Klepper hatte Benno aus dem Wilden Westen geholt und in den Dschungel gebeamt. Und das war Bennos Ende.

Böses Pferd.

Böser Fury.

Hartz sein (2005)

Der Tag begann mit einem Gähnen. Zwei Tassen Kaffee später befand ich mich draußen vor der Wohnungstür. Auf den Straßen, den Gehwegen. In öffentlichen Verkehrsmitteln. Und erneut auf Gehwegen. Menschen, Autos, Fahrräder. Gucken und gleich wieder weggucken und weiter. Fast schon im Stechschritt. Große Stechschritte.

Ich musste beim Amt etwas abgeben. Ein Dokument. Beinahe unwichtig und doch scheinbar so ungemein wichtig.

Die Gestalten vor dem Jobcenter sahen aus wie geschickt hindrapierte abschreckende Beispiele. Alle froren. Es war Sibirien. Winter wie Sommer. Kein Gefühl in den Fingern, auch nicht, als ich das Dokument kopierte und in den Briefkasten warf. Vielleicht einen Apfel kaufen zur Belohnung, dachte ich, jetzt gleich im Anschluss, einen roten Apfel kaufen.

Vor mir an der Kasse bei Netto stand eine holzgesichtige Frau. Sie hatte ein Pack Batterien und eine Spülbürste aufs Band gelegt. Welch wahnwitzige Zusammenstellung! Was für ein Grund mochte existieren, durch die arktische Kälte zum Supermarkt zu gehen, um eine Spülbürste zu erstehen und dann noch eine batteriebetriebene???

Die Kassiererinnen trugen hellblaue Kittelgewänder mit der Aufschrift Billig Will Ich. Das sind keine Menschen, dachte ich. Menschen anno 2005 würden es ganz gewiss ablehnen, Kittel mit einer solchen Aufschrift zu tragen. Wozu hatte sie getaugt, die Französische Revolution, wie weit hatte ihr Geist uns getragen?

Beständig bauten wir ein neues altes Rom.
Spielten Sonne.
Gingen auf und gingen unter.
Was machte eigentlich Superman?

Hartz sein II (2006)

Der Raum sah aus wie ein Klassenzimmer in der Grundschule: Die Tafel und das Pult vor Kopf, dahinter drei Reihen von Holzbänken mit zwei Stühlen pro Bank.

Ich saß in der mittleren Reihe in der Mitte. Neben mir befand sich eine Kaugummi kauende Frau um die fünfzig. Kaugummi kauenden Menschen stehe ich neutral gegenüber, solange sie das Gummiding im Mund behalten und nicht unter den Stuhl oder die Bank kleben.

Außer uns beiden waren noch an die dreißig weitere Hartz IV anwesend. Alle warteten. Ein paar Minuten später folgte sie dann, die Begrüßungsansprache einer Mitarbeiterin der Agentur für Arbeit, die zwischen Hals und Pullover ein Tuch trug, das die Farbe ihrer Haare angenommen hatte. Beim Sprechen öffnete sie den Mund nur minimal, trotzdem verstand man jedes Wort. Wäre sie eine Hartz IV gewesen, und ich ihr Arbeitsvermittler, hätte ich eine Umschulung zur Bauchrednerin in Erwägung gezogen. Natürlich hätte man zunächst ihr Verhältnis zu Puppen abklären müssen. Wie auch immer, die Mitarbeiterin der Bundesagentur sagte, dass sich unsere Chancen auf dem Arbeitsmarkt nach erfolgreichem Abschluss der Maßnahme erheblich verbessern würden.

Die erste Woche verbrachten wir im Computerraum. Die Rechner waren uralt, und es dauerte ewig, bis sie hochfuhren. Wir schrieben Bewerbungen mit einem Tabellenkalkulationsprogramm.

»Excel ist für Bewerbungsschreiben wesentlich effektiver als eine Textverarbeitung«, sagte der Kursleiter. Er hatte etwa noch hundert bis hundertfünfzig Haare auf dem Kopf, die er aber recht lang trug. Bekleidet war er mit einer dunkelbraunen Buntfaltencordhose, einem weißen Oberhemd mit großem Kragen, dessen Ausläufer über den Pullunder geklappt waren, welchen er über dem Oberhemd trug. Seine Füße steckten in Schuhen ohne Schnürbänder, Slippers, sofern das überhaupt die korrekte Bezeichnung war. Ich kannte mich nur wenig aus im Fachjargon der Schuhverkäufer. Jedenfalls trug dieser Herr Spuzzelmann, so hieß der Kursleiter, diese Kleidung die gesamte Woche. Ich vermutete, Mutti Spuzzelmann hatte ihm die Garderobe am Montagmorgen genau so auf den Tisch gelegt. Unter seiner Leitung übten wir uns von da an in der Kunst des Weglassens und Verschleierns mit Excel, füllten Fehlzeiten im Lebenslauf mit Begriffen wie Berufliche Neuorientierung und lernten, dass es weit positiver klang, wenn man arbeitslos durch aktiv arbeitssuchend ersetzte. Nach einer Woche war jeder von uns ein ganz anderer geworden, mit einer ordentlich getunten Bewerbungsmappe, wie es uns Herr Spuzzelmann erklärte.

Am ersten Tag der zweiten Woche trainierten wir Vorstellungsgespräche mit einer Frau Heber, die gleich eingestand, sich auch schon ein paar Mal beruflich neu orientiert zu haben.

»Unter anderem war ich bei Pro Familia zuständig für die Schwangerschaftsberatung«, sagte sie.

Ich konnte mir keinen Reim darauf machen, warum sie das mit Pro Familia so betonte. Auf alle Fälle trug Frau Heber eine Brille mit Glitzerfassung, so eine Pop-Art Brille, und rote Schuhe mit Pfennigabsätzen, und sie hatte einen riesigen Mund. Ich dachte gleich, dass es für neunundneunzig Prozent aller Menschen unmöglich sein würde, beim Küssen die eigenen Lippen in etwa deckungsgleich auf den ihren platziert zu bekommen. Sollte es zum Kuss mit Frau Heber kommen, würde man von ihrem Mund wohl unweigerlich verschlungen werden ...

Am Nachmittag veranstaltete Frau Heber ein Rollenspiel mit uns zum Thema Bewerbungsgespräch, und noch bevor sie die Spielregeln erklärt hatte, hatte sie sich schon den Part der Personalchefin gesichert.

Den Bewerber mimte ein Teilnehmer mit auffällig gelben Zähnen. Er meldete sich freiwillig. Und wie er sich, kaum dass Frau Heber danach gefragt hatte, fingerschnipsend in den Vordergrund gedrängt hatte, kam mir die Sache verdächtig vor, und ich musste an eine Bande von Hütchenspielern denken.

Ein Tisch mit zwei Stühlen wurde quer in den Raum gestellt und zwar in den Bereich, in dem die Frau vorher in ihren roten Schuhen stehend unterrichtet hatte. Der Mann mit den gelben Zähnen musste zunächst so tun, als wäre er noch gar nicht da. Er wurde auf den Flur geschickt, und erst als Frau Heber mit ihrem großen Mund »Jetzt« gesagt hatte, durfte er zur Tür hereinkommen und Frau

Heber begrüßte ihn, ich meine, sie gab ihm die Hand und bot ihm den Stuhl Richtung Tür an, während sie selbst sich den Platz Richtung Fenster aussuchte. Es folgte ein Vorstellungsgespräch wie im richtigen Leben, nur, dass sich hinten knapp dreißig Zuschauer befanden. Die selbst ernannte Personalchefin stellte ein paar Fragen zum beruflichen Werdegang, und der Mann mit den gelben Zähnen antwortete ausführlich und tat Gott weiß wie freundlich, interessiert und aufgeschlossen. Das Rollenspiel dauerte ein paar Minuten, wenn überhaupt, und dann sagte Frau Heber, die im Verhältnis zur Größe ihres Mundes doch recht schmale Lippen hatte, dass dieses Gespräch schon ganz ordentlich gelaufen wäre.

Zum Abschluss durften wir anderen Teilnehmer sagen, ob uns etwas aufgefallen wäre.

Ich hatte die ganze Zeit an die gelben Zähne des Mannes gedacht, und daran, dass ich mich, wenn ich solche Zähne hätte, im Vorstellungsgespräch mehr zurückhalten würde, aber ich behielt diese Gedanken für mich. Alle behielten ihre Gedanken für sich, bis auf eine Frau hinter mir: »Ich weiß nicht, ob das wichtig ist«, sagte sie, »aber wie verhalte ich mich, wenn mir der Personalchef während des Vorstellungsgesprächs eine Zigarette anbietet?«

»Wo ist das Problem?«, fragte die Personalchefin »wenn er Ihnen die Zigarette doch anbietet ...«

»Ja«, sagte ich und wunderte mich, dass ich überhaupt etwas sagte, »aber was mache ich, wenn ich Nichtraucher bin?«

Die gespielte Personalchefin lächelte mich mit ihrem großen Mund an und streckte dabei die Hände vor, so mit den Handflächen nach oben, als hätte sie Manna zu verteilen: »Na, dann lehnen Sie das Angebot eben dankend ab.«

»Der Schuss könnte auch nach hinten losgehen«, sagte ein Mann links von mir, und er sagte das so überzeugt, als spräche er aus Erfahrung. »Womöglich ist der Personalchef leidenschaftlicher Raucher. Da ist es doch besser, die Zigarette zu nehmen. Schließlich warten vor der Tür jede Menge Mitbewerber.«

»Vielleicht kann man ja einfach so tun, als ob!«, rief jemand von rechts vorne.

«So tun als ob?«

«Man zieht nur ein paar Mal ganz flüchtig und lässt die Zigarette dabei geschickt verqualmen.«

»Als Nichtraucher«, sagte ich, »versteht man sich doch gar nicht richtig aufs Inhalieren. Ich meine, so ein Personalchef lebt doch nicht hinterm Mond, der merkt doch gleich, wenn man nur so tut als ob, besonders, wenn er selbst leidenschaftlicher Raucher ist.«

»Nehmen wir ein besseres Beispiel«, sagte die selbst ernannte Personalchefin, »es ist ja auch höchst unwahrscheinlich, dass einem heutzutage beim Vorstellungsgespräch noch eine Zigarette angeboten wird, aber wie wäre es denn mit einer Tasse Tee oder Kaffee?«

»Das ist auch nicht so einfach, wie es sich anhört«, sagte die Frau hinter mir, »ich trinke Kaffee nämlich nur mit viel Milch und Zucker.«

»Worauf wollen Sie hinaus?«, fragte Frau Heber und bewegte ihre Pop-Art-Brille vor und zurück, indem sie die Nase kraus machte.

»Häufig wird mir der Kaffee schwarz angeboten oder nur mit einem einzigen Milchdöschen«, antwortete die Frau hinter mir.

»Nun, wenn das so sein sollte, dann nehmen Sie eben Tee.«

»Tee vertrage ich gar nicht.«

»Mein Gott noch mal«, sagte die selbst ernannte Personalchefin, »dann fragen sie den Chef einfach, ob Sie noch Milch und Zucker haben können!«

»Wirklich? ... Was würde das wohl für einen Eindruck machen, wenn ich während des Vorstellungsgespräches nach mehr Milch und Zucker fragen würde?«

»Da könnte sie rechthaben«, sagte der Mann mit den gelben Zähnen, der noch immer der selbst ernannten Personalchefin gegenübersaß.

Nun meldete sich auch die Frau neben mir zu Wort, die ihren Kaugummi noch immer im Mund hatte. Sie streckte den Kopf nach vorn und gleichsam in die Höhe, wie die Hühner auf dem Bauernhof beim Herumstolzieren. »Es wäre doch möglich«, sagte sie, »dass der Chef denkt, eine Person, die mit einem Milchdöschen nicht auskommt, ist ohne Zweifel eine Person, die den Hals nicht vollkriegt, und solch eine Person stelle ich auf keinen Fall ein.«

»Wenn Sie solche Zweifel haben, dann trinken Sie eben einmal in ihrem Leben den Kaffee mit nur einem Milchdöschen und ohne Zucker, es geht immerhin um ihre berufliche Zukunft!« Während sie das sagte, wurde die selbst ernannte Personalchefin ordentlich rot im Gesicht.

»Wenn sie den Kaffee aber so nicht mag«, sagte der Mann neben der Frau hinter mir, »wir leben schließlich in einem freien Land, oder?«

»Nun lassen Sie um Himmels willen endlich den verdammten Kaffee!«, rief Frau Heber, und sie machte dabei so eine fahrige Bewegung mit der Hand, so komisch hin und her, dass ich an meinen ehemaligen Deutschlehrer denken musste, wie dieser gegen Ende der Unterrichtsstunde mühselig alle seine Sätze von der Tafel wischte.

Danach sagte ein paar Minuten keiner mehr etwas, und kurze Zeit später war der Maßnahme-Tag auch schon vorbei.

Es war mein letzter Maßnahme-Tag. In der Nacht träumte ich von einem Spezialbewerbungstraining für aussichtslose Hartz IV, das direkt vom Wirtschaftsminister geleitet wurde. Der Minister wanderte zwischen den Stuhlreihen herum, blieb hier und da stehen, kam dabei mit dem Gesicht ganz nah an uns heran und rief: »Flexibilität!« Er sperrte den Mund ganz weit auf – so weit, dass er beim Kuss tatsächlich Deckungsgleichheit mit den Lippen der Kursleiterin erzielt hätte, und er dehnte das Wort, als ob es aus einem hochelastischen Material bestehen würde.

Zum Abschluss des Tages mussten wir Hartz IV eine Tasse Kaffee nach der anderen schwarz trinken und dazu filterlose Zigaretten rauchen. In den

Morgenstunden wurde ich wach. Ich hatte Durchfall und musste mich mehrmals übergeben.

Der Arzt schrieb mich für die letzten vier Tage der Maßnahme krank und fragte so nebenbei, ob ich etwas Falsches zu mir genommen hätte.

»Schon möglich«, sagte ich.

HARTZ sein III (2012)

Dies ist ein Aufruf. Was sage ich, ein Aufschrei. Zur lautlosen Gegenwehr. Besorgen wir uns Schalldämpfer und dann auf sie ohne Gebrüll. Ersticken wir sie mit Späßen, Albernheiten und unberechenbaren Aktionen. So wie Sammy es machte, der für ein paar Jahre mein Nachbar war. Sammy kam aus Syrien. Er trug eine Beinprothese. Die Israelis hatten ihm, als er zehn Jahre alt war, in einer der kriegerischen Auseinandersetzungen ein Bein weggeschossen. Seitdem musste er sich als Krüppel durchschlagen. Über Verwandte kam er als junger Mann nach Deutschland, wurde ein paar Mal operiert und erhielt die Beinprothese.

Alles gut.

Sammy heiratete eine Deutsche, machte mit ihr vier Kinder und arbeitete in der Gastronomie. Er betrieb recht erfolgreich eine Pizzeria, die später schließen musste, weil sich einer dieser Pizzakettenbetreiber in seiner Nähe angesiedelt und ihm mit Dumpingangeboten die Kunden weggenommen hatte. Seitdem lebte Sammy von Hartz IV.

Da er mit seinen etwas über dreißig Jahren noch jung genug war für jede Form der Erwerbstätigkeit und dazu sehr gut Deutsch sprach, drängte ihn die Jobcenter-Behörde von einem Billigjob in den nächsten. Bis Sammy genug davon hatte. Er nahm seinen Jahresurlaub, hängte noch drei Wochen Krankheit hinten an und ließ sich in dieser Zeit ganz nach dem Vorbild der Gotteskrieger einen Vollbart wachsen.

An seinem ersten Arbeitstag nach der Auszeit kleidete er sich in ein langes weißes Gewand und nahm einen Gebetsteppich mit zur Arbeit. Etwa alle neunzig Minuten ließ sich der optisch radikalisierte Sammy auf dem Teppich nieder, beugte sich gen Mekka und huldigte ausgiebig seinem muslimischen Glauben. Diese kleinen, feinen Aktionen sorgten rasch für ordentlichen Wirbel in der Firma. Keiner der Vorgesetzten wusste Sammys ungewöhnliches Treiben in angemessener Form zu begegnen. Seit der Geschichte mit den Mohammed-Karikaturen hatte die Furcht vor den Racheaktionen radikaler Muslime extrem zugenommen. Dulden ließ sich Sammys Verhalten allerdings auch nicht, zumal die im gleichen Großraumbüro arbeitenden evangelischen und katholischen Glaubensbrüder, angefixt durch Sammys Verhalten, von da an auch auf Gebetspausen bestanden.

Das Ende der Geschichte war: Sammy wurde fristlos gekündigt. Die Angelegenheit Sammy, insbesondere dessen Religionsausübung während der Arbeitszeit, kostete allerdings auch seinen in Ratlosigkeit erstarrten direkten Vorgesetzten den Posten.

Eine nach fristlosen Kündigungen wegen persönlichen Fehlverhaltens übliche Sanktion seitens der Jobcenterbehörde (drastische Kürzung der Bezüge) blieb für Sammy jedoch aus. Es kamen nicht einmal mehr (Zwangsvorschläge für weitere Ein-Euro-Jobs. Sammy wurde fortan von der Behörde komplett in Ruhe gelassen.

So oder ähnlich läuft das immer. Diese Leute bluffen nur. Im Grunde haben sie nichts in der Hand. Eine ungewöhnliche Idee, und es zeigt sich die Ohnmacht der fantasielosen Gestalten, die in diesen Behörden tätig sind, deren Sanktions-Drohgebärden nur dem Zweck dienen, in der Bevölkerung ausreichend Angst vor dem Status längerer Arbeitslosigkeit zu verbreiten, auf dass all die Minijobber und Leiharbeiter weiterhin ohne zu protestieren ihren miserabel entlohnten Tätigkeiten nachgehen.

Eine wirkliche Strafe wird es ohnehin nie geben, denn das Schlimmste, was uns allen zustoßen kann, wird uns sowieso eines Tages passieren: Wir werden älter und irgendwann, da müssen wir sterben ...

Soldat sein III (Januar 1975)

Der Lehrgang fand in Münchweiler in der Pfalz statt. Das waren nur vierhundert Kilometer Fahrtstrecke von Bochum aus. Dafür lag Münchweiler noch weitaus ländlicher als Weingarten. Beim Anblick solcher Ortschaften war wohl dereinst das Wort Kuhdorf ersonnen worden.

Ich war zum Gefreiten befördert worden. Das bedeutete zunächst einmal rein gar nichts. Nach der Grundausbildung wurden alle zum Gefreiten befördert, die nicht im Bau gelandet waren. Kein Grund also, sich dem Jubilieren hinzugeben.

Hier im Pfälzer Kuhdorf war alles anders gekommen, als zunächst gedacht: Der Lehrgang in Fernmeldetechnik-Englisch sollte ganze drei Monate dauern, und damit sich die Investition in eine solche Ausbildung für die Bundeswehr überhaupt lohnte, musste ich meinen Wehrdienst freiwillig um ein halbes Jahr verlängern. So galt es gleich einmal abzuwägen: Ein halbes Jahr länger dienen, dafür aber garantiert ohne Matsch und Kälte. Ich wägte nicht lange ab, sondern sagte zu. So wurde ich auf die Schnelle vom W15 zum SaZ21 (Soldat auf Zeit, 21 Monate). Positiver Nebeneffekt, es gab deutlich mehr Geld. Negativ dagegen: Nach wie vor stand Formalausbildung auf dem Dienstplan. Diese Ausbildung hatte in meinen Augen nichts mit Bildung zu tun. Jedenfalls nicht im positiven Sinne. Ein Mensch mit militärischem Sachverstand musste rasch erkennen, dass manch ein Befehl deutlich zu lang ausfiel, sodass er im Ernstfall kaum rechtzeitig ausgeführt werden konnte. Ich hatte keine russischen Sprachkenntnisse, womöglich waren die entscheidenden Dinge aber auf Russisch viel schneller ausgesprochen. »Die Augen geradeaus« etwa ... –

Jedem denkenden Menschen musste doch klar sein, wer im Krieg die Augen rasch geradeaus gerichtet hatte, sah den Feind in der Regel schon, wenn dieser noch dabei war, dem Befehl seines Vorgesetzten zu Ende zu lauschen. Darum hätte ich den Befehlen beispielsweise Zahlen zugeordnet. Eine Zahl, die war fix ausgerufen. Würde man meiner Idee folgen, müssten die wichtigsten Befehle mit entsprechendem Zahlencode verknüpft auf einer Art Tabelle notiert werden und diese Tabelle hätte dann jeder Soldat auswendig zu lernen. »Die Augen geradeaus« wäre fortan etwa eine drei. Das würde noch den Vorteil bergen, dass selbst ein der Fremdsprache kundiger Feind nicht in der Lage wäre, zu begreifen, worum es ginge.

Folgendes Beispiel: Ich werde als Gruppenführer vom Feind in der Stärke von fünf Mann gefangen genommen, während meine fünfzig Männer hinter Bäumen und Sträuchern verborgen auf meinen Angriffsbefehl warten. In dieser Situation könnte ich wohl kaum einen Angriff befehlen, es sei denn, ich hinge nicht sonderlich am Leben. Aber wenn ich in diesem Augenblick der persönlichen Lebensgefahr laut: »Drei!« ausrufen würde, da wäre doch keinem Feind der Welt klar, was das bedeuten sollte ...

Der Unterricht im Fernmeldetechnik-Englisch war im höchsten Maße langweilig und zu zwei Dritteln überflüssig: Allgemeiner Kram, den kein Mensch brauchte, nicht einmal ein Soldat. Da ich nun Zeitsoldat war, zudem das Abitur hatte, begann der Zugführer, der Leutnant war und eine getönte Brille trug, auf mich einzuwirken, doch zusätzlich den Offizierslehrgang in München zu besuchen. Am Ende würde immerhin sein Dienstgrad auch mir winken. Das hatte mir gerade noch gefehlt. Von mir aus mochten Dienstgrade und Lorbeeren winken, wie sie lustig waren, ich war nicht scharf darauf. Überhaupt konnte ich den Mann nicht ernst nehmen. Ein Offizier mit getönter Brille. Das war ganz und gar nicht souverän. Wenn es da eine Feindberührung gäbe, nützte es nicht einmal was, wenn der Leutnant seine Augen schnell geradeaus machen konnte. Je nachdem wie hoch die Luftfeuchtigkeit ausfiele, wären die ohnehin schon nachgedunkelten Brillengläser noch beschlagen und hätten den klaren Blick vollkommen getrübt.

Das Einwirken auf mich seitens des sonnenbebrillten Leutnants endete dann auch recht abrupt während der Testphase. Dass es eine solche war, wusste ich nicht einmal. Vielleicht hatte ich die Ankündigung auch verpennt, was weiß ich. Jedenfalls wurden eines Morgens während der Formalausbildung die Lehrgangsteilnehmer in Gruppen aufgeteilt, hernach allerdings nicht wie sonst üblich von verschiedenen Unteroffizieren herumkommandiert. Jeweils ein Soldat aus unserer Mitte sollte für diesen Morgen den Vorgesetzten mimen. Ich zählte zu den Auserwählten und mit mir wohl alle Übrigen, die für den Offizierslehrgang infrage kamen. Ich ließ also meine zwanzig Männer in Reih und Glied antreten, die Augen geradeaus und auch mal nach links oder rechts machen, und ordnete an, was ein Vorgesetzter sonst noch anordnet während der Formalausbildung. Alles lief schön langweilig vor sich hin: Ich gab Befehle, meine Männer gehorchten. Keine Ahnung, wie mit einem Mal diese Idee in mich hineingelangte. Auslöser war wohl die schreckliche Langeweile in Kombination mit meiner blödsinnigen Rolle als Befehlsgeber. Jedenfalls tauchte die Idee dermaßen fordernd in mir auf, dass ich alle möglichen Folgen ausblendete und mich gezwungen sah, sie augenblicklich auszuprobieren. Der Leutnant stand weit weg bei einer anderen Gruppe, und schon legte ich los, ließ abzählen nach eins und zwei und befahl dann allen Einser-Soldaten ein Rechts-um und allen Zweier-Soldaten ein Links-um, sodass sich die Männer meiner Gruppe auf nie gekannte Weise, Rücken an Rücken, gegenüberstanden. Es war auch schon verhaltenes Gelächter im Gange. Zur Krönung des Durcheinanders gab ich nun den Befehl zur Kehrtwende. Alle gehorchten. Zeigten zumindest Bemühen, denn es konnte ja nicht funktionieren. Man rasselte gegeneinander. Helme, sogar Gewehre fielen, und es war ein Gepolter und Chaos im Gange. Der Feind hätte in diesem Augenblick leichtes Spiel mit uns gehabt oder auch nicht, vielleicht wäre er auch total verwirrt gewesen, der Feind.

Der getönt-bebrillte Zugführer tendierte wohl zur ersten Annahme. Er kam schlecht gelaunt und Befehle donnernd herbeigeeilt. Ich wurde augenblicklich meines Amtes enthoben und von der Liste der Offiziersanwärter gestrichen. Obendrein bekam ich noch eine Erzieherische Maßnahme verabreicht: Am folgenden Samstagnachmittag im Offizierskasino Brötchen schmieren und belegen. An und für sich eine stupide Angelegenheit. Aber nicht, wenn Paul dabei war. Und Paul war dabei. Wenn's wo was zu bestrafen gab hier in Münchweiler, der Heimat des Saumagens, dann war er ständig mit von der Partie. Er erzählte mir von seinem Vorstrafenregister, den Drogenexzessen, von denen der letzte in der Verwüstung eines Lebensmittelgeschäfts geendet war. Er selbst und seine Freundin hätten sich dort in der Obst- und Gemüseabteilung im Rausch eine Art Schlacht geliefert, bei der er aus nächster Nähe einen Wirsing an den Kopf gekriegt hätte und vom Treffer außer Kontrolle gebracht in einen Stapel Eintopfkonserven gefallen wäre. Zum Beweis zeigte er mir später die Gerichtsurteile nebst Bescheiden über Bewährungsauflagen und die Schadenersatzforderung für die zerbeulten Konservendosen und den Wirsing. So wie es aus den Schreiben hervorging, stellte der Wehrdienst seine letzte Chance dar, einer Gefängnisstrafe zu entgehen. Ich hatte meine Zweifel, ob es ihm gelingen würde, diese Chance zu nutzen.

Heimfahrt am Wochenende war also gestrichen. Paul und ich schmierten Brötchen für die Herren

Offiziere. Paul zeigte mir, wie man trotz der monotonen Arbeit seinen Spaß haben konnte. Die Brötchen-Hälften wurden mit Butter bestrichen, dann üppig mit Wurst- oder Käsescheiben belegt, sodass die Scheiben gut sichtbar über den Brötchen-Hälften-Rand hinausragten. Zuletzt mussten wir die Hälften zusammenklappen. Vorher jedoch entfernten wir auf Pauls Vorschlag hin die Wurst- und Käsescheibenmitten, aßen dieselben auf und ließen nur den üppigen Rand stehen, der nach wie vor großzügig über das Brötchen selbst hinausragte, sodass die Täuschung perfekt arrangiert war. Entgegen meiner Befürchtung folgte weder weitere Bestrafung noch überhaupt eine Reklamation. Keiner der Offiziere schien etwas bemerkt zu haben von den gefakten Brötchen.

Paul stammte aus der Pfälzer Ecke, und nach dem Brötchen-Marathon überredete er mich, ihn am Abend ins Nachtleben von Kaiserslautern zu begleiten. Das war die nächstgelegene größere Stadt, genau genommen die einzige Stadt hier in der Pfalz. Kaiserslautern war mir von vornherein unsympathisch, obwohl ich bislang noch keinen Fuß hineingesetzt hatte. Meine Antipathie hatte zu tun mit dem Fußballverein. Obwohl der FC Kaiserslautern in der ersten Bundesliga spielte, blieb es für mein Empfinden ein Provinzverein mit jeder Menge halbverrückter Provinzidioten als Zuschauer. Diverse Fernsehbilder aus der Sportschau hatten sich mir eingebrannt ...

Paul und ich landeten dennoch in Kaiserslautern in einer Nachtbar. Paul war mit den Betreibern befreundet. Für mich war es eine Premiere. Ich kannte Nachtbars nur ausschnittweise aus den Fernsehkrimis. Wusste aber immerhin, dass man auf sein Geld aufpassen und entsprechend zurückhaltend bei der Getränkebestellung sein musste. Paul verabschiedete sich für eine Stunde. Da saß ich nun allein am späten Samstagabend in einer Bar in Kaiserslautern mit fünfzig Mark in der Tasche. Ich bestellte ein Bier. Das konnte so teuer nicht sein. Und dann kam diese Frau auf mich zu und fragte mich, ob sie was trinken dürfe. Sie sah aus wie die Doppelgängerin der Küchenhilfe aus der Bundeswehrkantine in Weingarten, nur deutlich besser zurechtgemacht. Es ging ja hier auch nicht ums Kartoffelschneiden oder Salatputzen. Ich war ordentlich beeindruckt vom Erlebten, und ordnete es ein in die Reihe übernatürlicher Phänomene, mit denen man im Laufe des Lebens konfrontiert wird. Twilight Zone in der Pfalz. Gestern noch Küchenhilfe am Bodensee, heute Bardame in der Pfalz.

Sie sagte, dass sie die Monique wäre, und ich dachte, Monika also. Sie fragte, ob sie auf einen Drink bleiben könne, und ich fragte Monika-Monique, was mich solch ein Drink kosten würde.

Sie musterte mich von oben bis zu den Schuhen, und ich entsann mich, dass sie mir noch kürzlich in Gestalt der Küchenhilfe als Wichsvorlage gedient hatte. Der Gedanke daran war mir in dieser Situation leicht unangenehm, schon, weil sie mich derart aufmerksam betrachtete.

»Fünfzehn«, sagte sie schließlich, und mehr Worte brauchte es auch nicht, mir war schon klar, dass es nicht um Pfennige ging.

Ich nickte, und sie bestellte sich einen Piccolo.

Meine Frage nach dem Preis fürs Getränk hatte mich allerdings gleich ins Aus befördert. Monika blieb jedenfalls in der Defensive. Rückte nicht sonderlich nah an mich heran, und anfassen tat sie mich erst recht nicht. Sie war wohl zu dem Schluss gekommen, dass sich ein Mehr an Einsatz in meinem Falle nicht lohnen würde. Und so redeten wir nur. Etwa zwölf Minuten. Ein Bier und ein Piccolo. Mehr als eine Mark pro Minute ihrer Anwesenheit. So hockten wir also zwölf Minuten da und redeten, als säßen wir in einem Café, einem Restaurant oder Zugabteil. Wie lächerlich. Ich wagte nicht einmal, sie zu fragen, ob sie schon einmal in Weingarten am Bodensee zu tun gehabt hätte. Stattdessen sprachen wir über Musik. Das brachte uns noch weiter voneinander weg. Dann ging sie, ganz plötzlich, ohne mich vorher gefragt zu haben, ob ich ihr noch ein zweites Getränk spendieren würde. Als hätte sie ein geheimes Zeichen erhalten, dass die Verweildauer für den einen Piccolo abgelaufen wäre. Das geheime Zeichen entpuppte sich wenig später als eine Gruppe neuer Gäste, die hereingekommen waren mit goldenen Kreditkarten ...

Die restliche Zeit, bis Paul zurückkam, blieb ich solo. Ich hatte mir noch ein Bier bestellt und trank in extrem kleinen Schlucken.

Als wir die Bar verließen, sah ich die zur Barfrau

aufgestiegene Küchenhilfe noch einmal. Sie war beschäftigt. Mit einer goldenen Kreditkarte und ihrem Besitzer. Und obwohl Monique-Monika ordentlich zu tun hatte, trafen sich unsere Blicke. Es war allerdings Zufall. Sie befand sich auf der kleinen Tanzfläche, die recht zentral in den Räumlichkeiten der Bar gelegen war. Im Clinch mit dem goldenen Kreditkarten-Besitzer. Sie tanzten wohl. Bewegten sich dabei aber nicht. Standen still. Wange an Wange, ihr Kinn auf seiner rechten Schulter. Die Augen auf, und ihr Blick ging in meine Richtung. Zufällig. Es war, als sähe sie durch mich hindurch direkt in die Nacht hinein. Ohne Mond und Sterne versteht sich.

Später, als ich allein in meinem Bett lag, glaubte ich, ihren linken Arm gesehen zu haben, der über seine rechte Schulter hinausgegangen war, wobei die Hand seinen Hinterkopf gehalten hatte. Ihre rechte Hand hatte ich nicht gesehen. Womöglich hatte sie dem Bankkaufmann oder Versicherungsangestellten während des gemeinsamen Abstehens auf der Tanzfläche einen runtergeholt.

Stuffz Walter lernte ich beim Pinkeln kennen. Sonst gar nicht meine Art, Leute beim Pinkeln kennenzulernen. Beim Pinkeln konzentriere ich mich lieber auf die Sache selbst, korrektes Abschütteln und so weiter. Ich wurde auch dieses Mal nicht aktiv. Der Stuffz quatschte mich an. Er hätte mich beobachtet beim Offiziersanwärter-Test. So einen verrückten Vogel wie mich hätte er gern nach der Ausbildung in seinem Team in Mannheim. Da wären fast nur solche Chaoten, die mit dem Militärdrill nichts im Sinn hätten. Er fragte mich, ob ich Lust hätte.

»Auf jeden Fall«, sagte ich.

»Gut«, sagte er, »ich sorge dafür, dass du nach der Ausbildung zu mir kommst.« Er notierte sich meinen Namen, und dann war er auch schon weg.

Ich hielt ihn für einen Spinner. Aussehen, Gestik, Mimik und Aussprache wirkten übertrieben tuntig, das ganze hatte nichts Militärisches, sondern erinnerte mehr an einige Darsteller aus der Rocky Horror Picture Show.

Stimmen IV

»Wrong turn«, sagt Benno, »all die ungewöhnlichen, unerklärlichen Begebenheiten verkommen zur Randnotiz.« Und dann erzählt er mir von dem Honiganzeiger, einem Specht-Vogel, der in Afrika südlich der Sahara beheimatet ist und mit den Menschen, die dort leben, auf ungewöhnliche Weise zusammenarbeitet. Er weist ihnen nach einem bestimmten Pfeif-Modus den Weg zu den Bäumen, in denen sich die Bienenstöcke befinden. Als Belohnung erwartet er einen Teil der Beute. Prellt man ihn um diesen, führt er den Betrüger fortan in die Irre.

Ein Vogel nur.
Ein Federvieh.
Mit einem Spatzenhirn ...

Herbst sein IV (2012)

Ich bin entlassen.

Aus dem Krankenhaus entlassen.

Der Defibrillator wacht in mir. Gut und unheimlich zugleich. Aberwitzige Gedanken kommen mir: Was wohl solch ein Defibrillator wiegen mag? Ich müsste mal auf die Waage und mein Gewicht kontrollieren ...

Die erste Nacht daheim folgt und mit ihr der erste Albtraum: Keine Monster, kein Killer, nicht einmal ein Taschendieb erscheint mir. Es ist weit schlimmer: Das Nichts kommt auf mich zu, das totale, pechschwarze Nichts ist mit einem Mal um mich herum, so fett und unbarmherzig schwarz, so undurchdringlich, dass ich vor Angst begonnen habe zu wimmern. So bist du also tot, denke ich im Traum und wimmere. Und wenn du tot bist, folgere ich, dann passiert eben genau das hier: Es passiert nichts, und es gibt auch nichts zu sehen. Die Schwärze des Todes ist so kolossal endgültig und schluckt alles um dich herum. Schwarze Farbe auf einem Blatt Papier ist lächerlich dagegen ...

Ich reiße die Augen auf.

Es ist noch immer dunkel, beruhigenderweise normal dunkel, so dunkel wie es eben nachts in meinem Schlafraum ist. Mein Herz schlägt viel zu schnell. Der Albtraum hat es ordentlich in Schwung gebracht. Hat es angestachelt, schneller zu schlagen. Der Puls rast geradezu. Mein Gott, jeden Augenblick kann der Defibrillator anspringen und zum vernichtend rettenden Schlag ausholen! Ich muss unbedingt zur Ruhe kommen. Ehe die Maschine es bemerkt. Sie ist für immer in mir, ist ein Teil von mir geworden, aufs Zuschlagen programmiert, und sie schläft nie. Keine Sekunde. Ich werde ihr Gefangener sein für den Rest meines Lebens. Eine Mensch-Maschine.

Ein Cyborg.

Leuchtend wie Phosphor.

Bedingungslos ausgeliefert. Regelmäßige Wartungen und Firmware-Updates inklusive. Und jederzeit abschaltbar. Ein irrer Hacker in der U-Bahn. Ein Computertüftler im Bus.

Ich habe Licht gemacht, habe den Fernseher eingeschaltet. Allmählich beruhigt sich alles. Ich kann sogar die Augen schließen. Kurz bevor ich wieder einschlafe, fällt mir ein, dass ich die Mikrofaser-Bettwäsche noch immer nicht entsorgt habe. Soll sie doch mit dem Defibrillator korrespondieren. Wenn es ihr Spaß macht, dann soll sie ruhig. Was geht es mich an?

Eine Woche vergeht. Life goes on. Dreams too. Ich träume von Bernd. Genauer von Bernds linkem Bein mit Fuß dran. Es liegt unter der Erde in einer Holzkiste, es fault und stinkt ...

Ein paar Tage vor der Entlassung habe ich Bernd im Krankenhaus kennengelernt. Mir seine Geschichte angehört. Sein Bein musste ab. Raucherbein. Massive Durchblutungsstörungen. Bernd hat gar nicht geraucht. Und trotzdem ein Raucherbein. Der Vater und der Großvater. Die verdammten Gene! Sehr bitter! Das familiäre Unglück einmal außer Acht gelassen, bleibt für Bernd die berechtigte Frage: Wohin? Wohin würde sein linkes Bein nach der Amputation gebracht werden? Auch wenn ihm das abgetrennte Organ bei der Fortbewegung keine Hilfe mehr sein kann, ist Bernd nicht bereit, sich für immer von seinem Bein zu trennen. Es ist ja auch der Fuß mit dran. Und es gibt all die unvergesslichen gemeinsamen Erinnerungen. Seine Tore in der Schülermannschaft, sogar Fallrückzieher-Tore waren dabei gewesen, mit der linken Klebe, dieser, seiner linken Klebe …

Und Marie. Seine Frau Marie hatte ihn lange vor dem ersten Kuss ans linke Bein gefasst, wenn auch versehentlich, weil der Bus so voll und der silbern glänzende Edelstahl der Haltestangen nahezu vollständig abgedeckt war von Menschenhänden.

Was also würde aus Bernds linkem Bein mit Fuß dran werden, nachdem es abgesägt am Operationstisch vorbei zu Boden, oder auch in einen neben dem OP-Tisch stehendenden Auffangbehälter für amputierte Gliedmaßen gefallen sein würde?

Er selbst käme nach dem Eingriff wohl auf die Intensivstation oder – wenn keine Komplikationen zu befürchten waren – auch gleich auf die normale Station.

Und sein linkes Bein? Das würde sonst wohin gebracht …

Auch wenn es ihm schwer fällt, die richtigen Worte zu finden, hat sich Bernd in dieser Sache an den Stationsarzt gewandt. Er habe auf dem Friedhof langfristig einen Grabplatz angemietet und wolle dort selbst einmal bestattet werden, hat er dem etwas ratlos dreinschauenden Mediziner erklärt, und dass seine Bestattung eben nicht nur mit einem Bein stattfinden solle. Darum wünsche er unbedingt, dass sein infolge der bevorstehenden Amputation abgetrenntes linkes Bein mit Fuß dran schon im Voraus in der angemieteten Gruft zur Ruhe gebettet würde, auf dass er selbst das linke Bein mit Fuß dran, wenn seine Zeit insgesamt gekommen wäre, dort wiedertreffen könne.

Bernd hat den zuständigen Stationsarzt gefragt, wie er in dieser Sache vorzugehen habe. Ob ein besonderer Antrag zu stellen sei, ein Bestatter informiert werden müsse, oder ob das Bein eventuell in der klinikeigenen Kühlkammer aufbewahrt werden könne, bis er selbst in der Lage wäre, sich um all diese Dinge zu kümmern.

Bernds Monolog begleitend hat dem Arzt der Mund offengestanden, den er dann, als Bernd geendet und ihn auf Antwort hoffend ansah, wieder geschlossen hat.

Der Stationsarzt hat daraufhin geschwiegen und aus dem Fenster geschaut.

Bernd hat auch aus dem Fenster geschaut.

Es war genug Platz für beide zu schauen.

Dann hat der Arzt sein Gesicht Bernd zugewandt, den Mund geöffnet, um zu sprechen, und es ist auch etwas herausgekommen, jedoch mehr ein Geräusch denn ein Wort, etwas, das so geklungen hat wie »Pffuw«. Unmittelbar danach hat der Mediziner das Krankenzimmer verlassen.

Grußlos.

Bernd ist noch immer verwirrt gewesen, als er mir die Geschichte erzählt hat, und später auch ein wenig erzürnt, wie er eingestanden hat, und doch hat er beschlossen, erst einmal abzuwarten. Er hat gesagt, dass der Stationsarzt in dieser schwierigen Angelegenheit wohl zunächst Rücksprache halten müsse.

Keine Ahnung, wie die Geschichte mit Bernd und seinem linken Bein ausgegangen ist. Ich habe ihn nicht wiedergesehen. Und doch ist mir sein linkes Bein gerade im Traum erschienen. Und da hat es, wie gesagt, begraben unter der Erde in einer Holzkiste gelegen. Es fault dort und stinkt.

Zumindest hat mich der Traum nicht groß aufgeregt. Mein Herz schlägt ruhig und gleichmäßig. Kein Grund für die Maschine in mir, aktiv zu werden.

Ein paar weitere Nächte vergehen traumlos. Und die Tage rufen nach dem Tagwerk: Bücher promoten steht auf dem Plan, und so begebe ich mich auf Lese-Tour. Es beginnt ungut. Der erste Lese-Ort. Eine Galerie als in die Länge gezogener Raum. Wie ein Schlauch, nur eben rechteckig. Zuviel Licht fließt von der Decke, dazu weiße Wände und Fliesenboden mit weißen Fliesen. Geschmacklose Naturbilder hängen an den Wänden, randvoll mit Blättern, Gräsern, Karnickeltieren und glupschäugigen Rehen auf nebelverhangenen Waldlichtungen. Von der Eingangstür aus vor Kopf befindet sich das Lesepult mit Mikrofon und zwei Lautsprechern seitlich. Dicht davor vierundzwanzig Plätze, sechs Reihen mit jeweils vier Hartplastikstühlen.

Zu trinken gibt es Wasser, Orangen- und Apfelsaft und eine alkoholfreie Biersorte, die ich nicht mag. Zum Verzehr stehen oder liegen kleine Häppchen bereit. In Pappbechern halb aufrecht ein Bündel Salzstangen, daneben Kartoffelchips, die lustlos über Plastikteller verteilt worden sind.

Nach ausgiebigem Soundcheck ist mir klar: Mikrofon und Anlage sind von äußerst bescheidener Qualität und verstärken allein den Teil der Stimme, der für die unverständlichen Laute verantwortlich ist.

Die Veranstalterin trägt ein Geometrie-Kleid mit Quadraten und Kreisen darauf. Sie hält sich im Eingangsbereich auf und heißt die Gäste per Handschlag oder Umarmung willkommen. Wie mir scheint, handelt es sich ausnahmslos um Lichtfanatiker und Naturbilderfreaks.

Es ist mir unangenehm, bis zum Beginn der Veranstaltung so sinnlos angestrahlt zwischen ihnen allen herumzustehen, und so begebe ich mich mit meinen für die Lesung ausgewählten Texten aufs Klo. Ein Backstage-Raum steht nicht zur Verfügung, da bleibt nur das Klo als Rückzugsort. Nicht lange allerdings. Dann wird gegen die Tür geklopft. Laut und in Stakkato. Wahrscheinlich muss jemand scheißen. Ein irrer Specht mit ausgewachsener Durchfallerkrankung.

Und genauso ist es. Kaum habe ich die Klo-Tür geöffnet, rauscht der Vogel, ein Bild mit Rehen und Waldlichtung bei Nebel unter den Arm geklemmt, mit verkniffenem Gesichtsausdruck an mir vorbei.

Schon weile ich wieder unter den Lichtfanatikern.

Aus Verzweiflung beginne ich Salzstangen und Kartoffelchips zu essen. Auch bedrückt mich die Enge.

Und es riecht nach zu viel Mensch. Ohne zu wissen, wie es dazu kommt, habe ich mich erneut Richtung Klo orientiert.

Das Klo ist besetzt. Ich bleibe einfach dort stehen, wo ich stehe. Bis es anfängt zu stinken. Durch die Türöffnungen hindurch.

Das kann ein verdammt harter Abend werden …

Die Frau im Geometrie-Kleid bittet die Anwesenden, Platz zu nehmen.

Ich zähle ab: drei Plätze frei, also einundzwanzig Personen. Macht drei Mal sieben, denke ich, wie ich da noch ein wenig unsortiert hinter dem Lesepult stehe.

Die Veranstalterin wünscht ihren und meinen Gästen (obwohl mir keiner von ihnen bekannt ist) einen unterhaltsamen Abend und stellt mich vor, mit wenigen Worten, aber nicht ungeschickt, nicht übertrieben geschmeichelt, aber auch nicht so, als wäre ich irgendein Heinz von der grünen Wiese.

Verhaltener Applaus.

Schon bin ich an der Reihe. Dreißig Minuten lesen bis zur Pause und dann noch einmal dreißig Minuten. Ich wünsche allen einundzwanzig ebenfalls einen erfreulichen Abend und schaue dabei ganz automatisch auf die erste Reihe. Vier Brillen sahen mich an. Brillen mit Frauengesichtern dahinter. Da habe ich den Kaffee schon auf. Es handelt sich ja nicht um Brillen, bei denen man anhand der Gläserstärke erkennt, dass sie zum ständigen Tragen notwendig sind. Es sind die eine wie die andere modische Schnick-Schnack-Brillen. Blödsinnige Brillen, die einen gewissen Intellekt vortäuschen sollen. Das wäre mir im Grunde auch egal, aber ich fühle mich massiv beeinträchtigt. Die Decken-Beleuchtung spiegelt sich auf ungehörige Weise in den Brillengläsern der vier Frauen und bricht sich zugleich in denselben. Es kommt mir vor, als würden dort unten vier Audis oder BMWs hocken, die ihre Fernlichter eingeschaltet haben. Dazu all das Weiß von den Fliesen und Wänden, dort können die Augen auch keinen Moment der inneren Einkehr finden, ehe sie zur Tat schreiten und sich meinen Texten widmen müssen.

Es wird ein verdammt harter Abend werden!

Nun denn, hat der Zug sich einmal aufs Gleis begeben, was will er da schon machen? Gleich, was das Schicksal mir auch vor die Nase hält, ich muss es angehen. Locker anfangen, sage ich mir, mit humorvollem Small Talk erste Brücken bauen. Ich habe mir angewöhnt, davon zu erzählen, was mir im Kopf herumgeht. Und im Augenblick ist mir die Jacke zu schwer, und ich erzähle den Leuten, was ich so alles in den Jackentaschen mit mir herumtrage, und dass diese Dinge die Jacke derart schwer machen. »Ich werde die Jacke noch vor der ersten Story ausziehen und über den Hocker hängen«, sage ich.

Die Naturbilderfreaks scheinen an meinen Ausführungen über das Jackenproblem nicht sonderlich interessiert, und so probiere ich es auf direktem Weg und frage sie, ob sie auch schon einmal eine schwere Jacke getragen hätten.

Keiner hat.

»Aber einen schweren Kopf werden Sie doch schon einmal gehabt haben«, füge ich lächelnd hinzu.

Null Zustimmung, kein Lacher.

»Nun, der Unterschied ist: Den Kopf kann man nicht ablegen.« Mit diesem Satz beende ich meine Warm-up Phase und erwarte zumindest anerkennendes Gemurmel. Aber nichts dergleichen geschieht. Wie mir scheint, hat meine Warm-up Phase wohl eher eine Eiszeit eingeläutet …

Ich beginne die Lesung mit der Story von der Käsetheke, in der ich eine bösartige Frau in der Schlange vor mir mit einem Kugelschreiber drangsaliere, weil diese ihre Käse-Bestellung extra lang herausgezögert hat, um mich zu quälen. Je deutlicher ich die Frau in der Story beschreibe, desto mehr fällt mir auf, dass die gesamte erste Reihe der intellektuell bebrillten Damen allesamt dieser Frau in der Story ähneln. Auch scheint das den Frauen aufzufallen und allen übrigen Anwesenden. Es ist spürbar. Entrüstetes Schweigen breitet sich aus in der Galerie. Die Entrüstung gilt mir, der ich die Dame an der Käsetheke mit einem Kugelschreiber bedroht habe. Zum Schweigen gesellen sich die Scheinwerferlichter aus der ersten Reihe und das

Weiß von den Wänden. Mir ist auch so, als hätte ich den Klogestank noch immer in der Nase.

Was für ein Abend!

In der Pause verkaufe ich nicht ein Buch. Niemand sucht das Gespräch mit mir. Ich stehe hilflos da, wie nicht dazugehörig.

Zum Klo will ich nicht noch einmal. Also bleibt mir nichts übrig, als weiter überflüssig herumzustehen und darauf zu warten, dass die Pause endet.

Ein paar Leute kaufen Bilder. Geldscheine werden eingetauscht gegen vor Kitsch triefende Naturbilder.

Wo bin ich nur? Was ist das für eine Welt? Die Idioten in der Über-Über-Überzahl. Wo soll das enden?

Als ich wieder hinter dem Lesepult Platz genommen habe und die Zuhörerschaft ebenfalls ihre Plätze eingenommen hat, bemerke ich, dass dort in der ersten Reihe nur noch drei Brillenfrauen sitzen. Den vierten Platz hat der Stinker vom Klo eingenommen. Alle vier haben ein Exemplar des Bildes mit den Rehen auf nebelverhangener Waldlichtung auf ihren Schößen liegen.

Die Rehe schauen zu mir empor.

Anklagend.

Und ich lese meine Geschichte von Hund Zwei, der unten am Teich eine Wildgans aus der Luft holt und im Maul mit sich herumträgt, ehe im weiteren Verlauf ein Mops-Hund im Teich von einem Fisch, der aussieht wie der weiße Hai, gerissen wird.

Auch nach der Lesung verkaufe ich kein Buch. Und später gibt es nicht einmal eine Freundschaftsanfrage auf Facebook. Es ist ein verdammt harter und sinnloser Abend gewesen!

Crazy thing called love III (1998)

Absurde Stunden, Tage wie Nächte in der Wohnung, dieser düsteren Altbauschachtel, in die kaum Tageslicht fiel. Da gab es bisweilen Geräusche, als wären hinter den Wänden unerwünschte Kinder und streitsüchtige Ehefrauen der Vormieter lebendig eingemauert worden. Dazu knarrende, befleckte Holzdielen, die sicherlich manche Blutlache geschluckt hatten, und die mit jedem Abend schwächer scheinenden Lichter des Kronleuchters an der Decke meines Schreibzimmers waren befleckt von Insektenleibern, die haufenweise daran verbrannt waren.

Gleich wie ich es angehen würde, was immer ich auch zu tun gedächte, diese Räume würden niemals Ruhe geben, sondern ihr gespeichertes Unglück wieder und wieder auf die Menschen übertragen, die sie beherbergten, auf dass auch diese ihrem Schicksal nicht entkommen konnten. Menschen, die sich angezogen fühlten von solchen Orten, weil sie dieselben derart fürchteten, dass sie ihnen unweigerlich nahe kamen ...

Wo gerate ich da hinein, fragte ich mich, ganz ungewollt hinein, so als würde ich gestoßen ...

Ich wurde, soviel war sicher, allein der tiefere Sinn dieses Lebensabschnitts erschloss sich mir noch nicht. Zunächst bemerkte ich die Veränderung außerhalb der Wohnung. Beim Bäcker. Die Bäckersfrau suchte mit einem Mal Gespräch und Blickkontakt, während ich unbeteiligt von allen Dingen und Personen um mich herum nur meine

Brotbestellung abgeben wollte. Verbunden mit dem eigens dafür vorgesehenen Kurzaufenthalt. Die Bäckersfrau indes ließ sich ordentlich Zeit beim Schneiden und Eintüten, fragte ständig, ob's so recht sei, lächelte übertrieben freundlich, zeigte dabei ihre Zähne, die gut in Schuss schienen, und sah mich weit länger an, als man gewöhnlich einen Kunden ansieht.

Ich dachte, was hat sie nur? Ist ihr was ins Auge geflogen? Bis ich darauf kam, dass sie wohl auf meine Einladung zu einem Candlelight-Dinner spekulierte. Ich dachte, da hat sie nun begonnen, deine Midlife-Krise. Du bist über vierzig und fortan nicht mehr sicher vor der weiblichen Dauerwellen-Fraktion. Selbst die Frau Nachbarin, weiß Gott schon Jahrzehnte kein Teenager mehr, hatte ihr Verhalten mir gegenüber geändert. Ich hatte nichts dazu beigetragen, sie meines Wissens kein bisschen zu irgendetwas ermuntert. Und dass die Dinge sich von allein derart verändern können, das lässt sich nicht vorhersehen, wenn man wo einzieht.

Ich wohnte, wo ich wohnte, ein paar Jahre schon und deutlich länger noch die Frau Nachbarin. Sie lebte allein. Soweit ich es mitbekommen hatte, die gesamte Zeit über. Eine vor sich hin alternde Single-Frau. Egal. Mir egal. Jede nach ihrer Vision und Version. Fünf Jahre war jedenfalls alles bestens gewesen mit der Frau Nachbarin. Man grüßte, wenn man sich alle paar Wochen zufällig sah. Guten Tag, Auf Wiedersehen. Das übliche Mund auf – ein paar Worte sagen – Mund wieder zu. Kein Hintergedanke. Nichts weiter. Quatsch –

Quatsch – Quatsch. Plauder dich die langweiligen fünfundneunzig Treppenstufen bis nach oben zur Wohnungstür. Was, wie gesagt, nicht einmal regelmäßig vorkam. Es gab Wochen, wenn nicht sogar Monate, da sah ich sie gar nicht.

Inmitten des sechsten Jahres als Mieter in diesem Haus, Anfang September etwa, begann die Veränderung: Frau Nachbarin suchte Kontakt. Ich traf sie spürbar häufiger. Oftmals sogar täglich. Und sie zeigte sich plötzlich gesprächiger. Erst reichte sie nur ein paar dahingesagte Nettigkeiten, die Floskeln zum Gruß gerieten ein Stück weit freundlicher und in mehr Worte gekleidet als die Jahre zuvor. Alsdann wurde mir, der ich Ende September hustend die Treppe hinaufgestiegen kam, gar ein besonderes Erkältungsmittel im Hausflur übergeben. Das löste die Nachfrage am folgenden Tag aus, ob's denn bereits wirken würde, das Mittel. Es ereignete sich wieder im Hausflur. Wieder zufällig.

»Schon«, sagte ich, unterdrückte den Hustenreiz, und erhielt ein »Schön« zurück, weil es bereits Wirkung zeigte, ich es also eingenommen, ihrem Mittel demnach Vertrauen entgegengebracht haben musste … Es war ein solch freudiges: »Schön«, das die Frau Nachbarin aus ihrem Mund entließ, als hätte sie das Mittel selbst und extra für mich gefertigt, die Pille quasi selbst gedreht. Dabei wirkte das Zeug gar nicht. Ich hatte es nicht einmal eingenommen. Aber die Restspuren der Erziehung hingen mir noch nach, und so log es sich automatisch daher: Mund auf – Lüge raus – Mund wieder zu. Lächeln.

Das »Schön« in Empfang genommen, noch einmal Lächeln, dann einen Guten Tag wünschen und die Wohnungstür schließen.

Im sechsten Jahr, so dachte ich in der Küche beim Naseputzen, im sechsten Jahr kann so etwas schon einmal passieren.

Es folgten Gefälligkeitsanfragen, kleinere Aufträge. Eine CD wollte überspielt werden oder gebrannt gegen den Lohn einer Flasche Rotwein, die dann am späten Abend oder gar in der Nacht vor meiner Wohnungstür abgestellt wurde und dort auf den Morgen und mich wartete.

Zeiteinheiten später bat mich die Frau Nachbarin erneut im Hausflur – sie hatte auf der Treppe quasi eine Art Zweitwohnsitz bezogen – in ihren vier Wänden einmal nachzusehen, warum ihr Computer nicht mehr mit ihr hochfahren wollte. So lernte ich ihre Wohnung kennen.

Noch ein paar Tage später aß ich bereits einen Teller Linsensuppe bei der Frau Nachbarin. Wie kam ich dazu? Und ließ sich daraus ein Anspruch ableiten? Nun, ich war eingeladen worden. Im Vorbeigehen. Von jetzt auf gleich. Auf der Treppe, wo sonst? Die Frau Nachbarin hatte mich angesprochen, ob ich denn nicht, sie hätte doch gerade, und ich müsste unbedingt einmal probieren... Ich wurde von der Treppe aus in ihre Wohnung gebeten, an den Tisch gesetzt, auf den einen Stuhl, der für mich vorher noch rasch aus der Besenkammer geholt und an den Tisch gerückt worden war. Ein Deckchen wurde flugs hinzugefügt, von der Frau

Nachbarin aus einer der Schubladen entnommen, zum Tisch gebracht und unter meinen Teller geschoben, noch ehe die Suppe aufgetischt wurde. Ich ahnte, dass dieses Vorgehen keinem dekorativen Zweck diente, sondern vorsorglich platziert worden war, für den Fall, dass etwas danebengehen würde. Eine Sicherheitsmaßnahme, falls ich kleckern würde. Als wäre ich eine Art Tattergreis.

Nun, bei Licht besehen, hatte ihr Verhalten rein gar nichts mit mir zu tun. Es steckte knietief in ihr selbst, in der Frau Nachbarin. Die gesamte Wohnung konnte darüber Zeugnis ablegen. Man hätte durchaus auch vom Fußboden essen können. Selbst auf dem Klo. Nirgends staubte etwas vor sich hin, kein Krümel fand in den etwa fünfundsechzig Quadratmetern Wohnfläche auch nur vorübergehend Unterschlupf. Laboratmosphäre.

Dennoch, gar nicht verkehrt, ihre Suppe. Durchaus lecker. Was den Kohl gesamtgesehen jedoch auch nicht fetter machte. Die Nachbarin blieb doch, was sie war und wer sie war. Und im Land herrschte keine Lebensmittelknappheit. Wozu also sollte ihr diese Einladung an meine Person zu diesem Teller wohlschmeckender Suppe dienlich sein? Das war beileibe kein Pfund mit dem man wuchern konnte in diesen Tagen. Nicht mal ein Gramm war das.

Ich bedankte mich recht freundlich für die wohlschmeckende Suppe und ging meiner Wege. Blieb noch einen Augenblick im Hausflur stehen und wartete. Und tatsächlich! Es dauerte keine volle

Minute, ehe das Geräusch des Staubsaugers in ihrer Wohnung erklang.
Ich hatte gekrümelt. Es gab Brötchen zur Suppe.
Da krümelt es schon mal. Ich würde es auch nicht unterdrücken, das Krümeln.
Never!
Fight for your right to krümel!
Die Frau Nachbarin war putzsüchtig. Eine Wohnung Marke Puppenstube.
Barbie krümelt nicht. Niemals.
Und Ken auch nicht.

Die Vorkommnisse mit der Frau Nachbarin mögen zusammengenommen schon ein deutliches Zeichen in eine gewisse Richtung sein, dachte ich, aber solange man kein Verschwörungstheoretiker ist, sagt man sich, ach komm schon, es bleibt doch alles noch im Rahmen eines freundschaftlichen Nachbarschaftsverhältnisses. Allerdings wäre mir schon in diesen Anfangstagen der Annäherung lieber gewesen, unsere zwischenmenschliche Situation wäre so geblieben, wie sie die fünf Jahre zuvor gewesen war …

Ich weihte Lisa ein. Lisa war meine langjährige Partnerin, wir wohnten allerdings in getrennten Wohnungen. Ich erzählte ihr von den sich häufenden Kontaktaufnahmen der Nachbarin.

Lisa mahnte mich zur Vorsicht: »Hinter allem, was diese Leute tun, steckt eine Absicht«, sagte sie, und fügte hinzu, ich könne mir sicher sein, dass seitens der Nachbarin noch ordentlich Annäherung hinterherkommen werde.

Lisa sollte Recht behalten.

Frau Nachbarin schellte ein paar Tage später, an einem Samstagabend, gegen zweiundzwanzig Uhr an meiner Wohnungstür, und als ich arglos öffnete, sah ich sie im Hausflur vor mir stehen mit einer Flasche Rotwein in der Hand. Sie war für ihre Verhältnisse ganz ungewöhnlich aufgemacht. So als ginge es bei diesem Besuch um irgendetwas sehr Persönliches. Ein aufdringlicher Parfumduft ging von ihr aus, sie roch wie ein überzuckertes Gebäckstück, dazu trug sie auffallend rote Lippen und ihren Po und die Beine bedeckte eine Lederhose, Marke: Buntfaltenstyle.

Sie sagte irgendwas, das heißt, sie flüsterte eher, sodass ich nicht genau verstehen konnte, was sie da so sagte. Es war aber auch nicht nötig, ihre Aufmachung sprach Bände.

»Das kommt ja nun doch«, sagte ich und räusperte mich, »völlig überraschend.«

Ich schob das Wort unvorbereitet hinterher und sagte, dass auch der Rottweiler daheim und nicht auf Besuch eingestellt wäre. Zudem hätten Lisa und ich noch etwas vor, fügte ich freundlich und vielsagend hinzu.

Sie nickte stumm. Enttäuscht ließ sie die Flasche Rotwein sinken und wendete sich zum Gehen.

Zur Umkehr.

Sie hatte es zum Glück nicht weit, nur ein paar Schritte.

Dann jedoch, schon im Rückwärtsgang, auf halber Wegstrecke quasi, drehte sie noch einmal den Kopf in Richtung meiner Wohnungstür, die ich lediglich aus Verwirrtheit noch aufhielt, und sagte mit leiser Stimme:

»Ein anderes Mal vielleicht.«

Ich nickte. Ein angedeutetes Nicken. Ein höfliches, angedeutetes Nicken. Kein bestätigendes. Und sagen tat ich nichts. Schloss stattdessen die Tür.

Wortlos.

Mitleid? Gar nicht. Ja, zum Satan noch eins, hätte ich sie etwa hereinbitten sollen? Was wäre das für ein Samstagabend geworden? Es gibt Situationen, in denen bleiben Menschen besser unter sich. Jeder für sich. Das klingt unfreundlich, beinahe schon politisch unkorrekt, als wäre ich Türsteher einer elitären Diskothek, der Leute nicht hereinlässt, weil sie Segelohren haben oder die falsche Frisur zur Nase, aber es ist reiner Selbstschutz. Damit die Dinge nicht aus dem Ruder laufen.

Welche Rolle hätte die Frau Nachbarin bei einem Dreier einnehmen sollen? Eine Art Erika-Berger-Moderation aus dem Off? Wo sich alle Beteiligten – in diesem Falle Lisa und ich – fragen würden, was hat diese Frau jemals mit Sex zu tun gehabt, geschweige denn aktuell zu tun? Also, warum hätte ich die Frau Nachbarin hereinbitten sollen in ihrer ungewöhnlichen Aufmachung? Eine Flasche Rotwein trinkt sich nicht mal eben im Vorbeigehen. Da möchte man auch einen ordentlichen Teil der Nacht bleiben, wenn nicht sogar für immer ...

Warum nur wurde ausgerechnet ich mit einem Mal derart konfrontiert mit jenen einsamunglücklichen Figuren, die erst im Herbst ihres Lebens damit anfingen, ihr Haus zu bauen? Und dazu auf diese alle Wirklichkeit ignorierende Art und Weise, so als hätte sie nicht mitbekommen, dass Lisa über all die Jahre bei mir ein- und ausging. Diese Fakten ignorierend, aufgemöbelt, als wäre sie gerade fünfundzwanzig geworden, stand Frau Nachbarin im Hausflur vor meiner Wohnungstür an einem Samstagabend, voll irrer Hoffnung auf ein feuriges Haste-nicht-gesehen. Vorbei an sich selbst und aller Wirklichkeit.

Vermutlich war sie tausend Tode gestorben, nachdem sie die zehn Schritte zurück ins traute Heim hinter sich gebracht hatte. Mit der Flasche Rotwein und der Abfuhr im Gepäck.

Später dann rachsüchtig! Es hagelte Anschläge. Zunächst in der harmlosen Variante, in Form von Beschwerden. Meine Musik war mit einem Mal zu laut, der Hund war zu laut, der Fernseher war zu laut, ich war zu laut. Und immer schellte Frau Nachbarin am Abend und brachte ihre Beschwerde vor, machte dazu ein Gesicht, als wäre ich ganz plötzlich zu einem unbelehrbaren Krachmacher mutiert. Das musste ihr dann jedoch selbst ein wenig unglaubwürdig vorgekommen sein, und so gab sie als Erklärung an, dass sie auf dem linken Ohr unter einem Tinnitus leide, einer Art Dauerklingelton, dafür könne (und vor allem müsse!) sie allerdings rechts dreimal so gut hören. Da sie ausschließlich in der Lage sei, mit dem linken Ohr auf dem Kissen einzuschlafen, würde ihr rechtes, freiliegendes Ohr all meine Geräusche in dreifacher Lautstärke wahrnehmen.

Eine fürwahr abenteuerliche Geschichte. Insbesondere, weil sie ihr Nachtlager in ihrer Wohnung entgegen der Absicht des Architekten oder Raumgestalters derart fehlpositioniert hatte, dass sie alles, was aus meiner Wohnung an Geräuschen drang, optimal hören konnte, ja hören musste.

Ich sagte, dass ich ihr beim besten Willen nicht helfen könne, da ich durchaus vorhätte, noch ein paar Jahre weiter zu leben. Selbst am Abend.

Da zog sie erbost ab.

Seitdem herrschte kalter Krieg zwischen uns. Man schaute weg, wenn man sich im Treppenhaus traf. Es war das eingetreten, wovor man sich im Mietshaus immer fürchten muss: Die Nachbarwohnung wird von einem unsympathischen, gar bösartigen Wesen bewohnt.

Noch ein paar Dinge geschahen. Im darauffolgenden Jahr wurde an Lisas Fahrzeug sechsmal über Nacht ein Reifen zerstochen. Ein Schelm, der dabei an Zusammenhänge denkt …

Stimmen V

»Und das noch in meinem Alter!«, sagte Mutter, nachdem ihr beim Brötchenessen ein Zahn abgebrochen war. Da war sie gerade einmal neunundvierzig geworden. Sie war überzeugt, dass solche Dinge nur Personen deutlich unterhalb der fünfzig passieren dürften, weil diese Menschen noch mehr Kraft hätten, mit solch einem Schicksalsschlag angemessen umgehen zu können.

Tot Sein IV

Ich habe keine Ahnung, welche Macken Kinder davontragen, deren Mütter sich stylen, als wären sie männerverschlingende Vamps. Ist auch nicht wichtig. Für mich jedenfalls nicht. Über diese Dinge musste ich mir weiß Gott keine Gedanken machen. Meine Mutter war eine der Frauen, die nur Mutter waren, sowohl was ihre Art, als auch ihr Aussehen betraf. Das Abziehbild einer Frau und Mutter, wie sie der Führer für sein Volk vorgesehen hatte. Rasch drei Kinder gebären fürs Vaterland und fortan als Kittel tragende Hausfrau durchs Leben driften ohne jeden Sex-Appeal. Der Ehemann sollte von seinen Soldatenpflichten nicht abgelenkt werden. Treu dieser Devise verzichtete Mutter auf jede Art von Make-up, und kaum, dass sie über dreißig war, trug sie – außer dem Kittel – nur graue Faltenröcke und dazu rosa- bis beigefarbene Pullis. Sie lebte ein hundertprozentiges Hausfrauenleben, gerade so, als wäre sie lebendig im Haus eingekerkert worden. Als Freigang gab es den täglichen Waldspaziergang mit Dackel, dazu zweimal die Woche einen Lebensmitteleinkauf und alle zwei Jahre drei Wochen Urlaub in menschenarmen Regionen, dafür mit Bäumen, Sträuchern, Wiesen und Wanderpfaden im Überfluss.

Um sich im tristen Familienalltag ein wenig Ablenkung zu verschaffen, inszenierte sie daheim fortwährend Intrigen. Alle gegen alle. In erster Linie aber: der Vater gegen die Kinder, oder die Kinder gegen den Vater, gefolgt von: die Kinder gegeneinander. Das Ergebnis nach Jahrzehnten geprägt von Familienduellen: Keiner traute dem anderen über den Weg. Das alleinige Ziel lautete, überleben und übertrumpfen, die anderen hinter sich lassen. Ein politisch vorausschauendes Konzept. So strömten die Jahre wenig idyllisch dahin.

Je älter Mutter wurde, desto mehr wuchs ihr Gesprächsbedarf. Irgendwann reichten die Bekannten und Verwandten nicht mehr aus, und so begann sie, nach anderen Gesprächspartnern Ausschau zu halten. Soweit ich mich erinnern kann, ging es mit den Vögeln los, den Wellensittichen, da war Mutter fünfundvierzig. Der Langhaardackel war nach sechzehn Lebensjahren gestorben, und Mutter hatte das Kapitel Hund für sich abgeschlossen, um sich einer komplett anderen, weitaus gesprächigeren Tiergattung zuzuwenden: den fliegenden Haustieren. Genaugenommen, den Wellensittichen. Sie taufte die Tiere der Einfachheit halber allesamt auf den Namen Coco. So bevölkerten in den folgenden Jahren nacheinander die Vögel Coco Eins bis Fünf die elterliche Wohnung. Kurzzeitig besaß sie auch einmal zwei Vögel gleichzeitig. Das Weibchen hieß wie gehabt Coco und das zusätzlich erworbene Männchen nannte sie Roland. Die Weibchen hielten sich bis auf eine Ausnahme ein paar Jahre, Roland gab allerdings schon nach sieben Monaten auf. Seine ausgedehnten Freiflüge durchs Wohnzimmer im Nebel, mein Vater war leidenschaftlicher Zigarrenraucher, hatten ihn früh das Leben gekostet. Er war mit einem Bild kollidiert, das infolge des Zusammenpralls zwar gewackelt hatte, aber nicht von der Wand gefallen war.

Coco Eins bis Fünf konnten allesamt sprechen. Nichteingeweihte wie ich verstanden zwar kein Wort – aber die Vögel krächzten immerhin, und sangen.

Ausnahmslos Eigenkompositionen.

Vogelkram halt.

Coco Zwei war ein ganz besonderer Vogel, wenn man so will, intelligenter als die anderen. Er konnte Tipp-Kick spielen. Er stieß dabei den Mini-Ball mit dem Schnabel an oder trat mit einem seiner Vogelfüße gegen die Kugel. Wäre was für den Zirkus gewesen. Außerdem war er furchtbar anhänglich, flog insbesondere mir ständig hinterher. Ich fand ihn mysteriös. Ein Wellensittich, der Mensch sein wollte.

Irgendwann hatte Coco Zwei die Nase voll von meinen Eltern und stürzte sich in die Freiheit. Meine Mutter hatte das Wohnzimmerfenster zum Putzen weit aufgerissen und vergessen, dass sich der Vogel noch außerhalb des Käfigs aufhielt. Coco Zwei nutzte die Chance und machte sich davon. Das heißt, nicht sofort, er floh in Etappen. Zunächst blieb er im offenen Fenster hocken und schaute nur interessiert in den Vorgarten. Als meine Mutter ihren Sittich auf der Fensterbank sitzen sah, stieß sie einen Tarzan-Schrei aus, der Coco Zwei zum sofortigen Abflug veranlasste. Das war's dann. Keine Suchaktion brachte den Sittich zurück.

Als Coco Fünf nach etlichen Jahren, er lebte ein paar Jahre länger als seine Vorgänger, von ihr gegangen war, hatte die Vogeldame Mutters Interesse an gefiederten Haustieren gleich mitgenommen. Von da an sprach Mutter mit den Dingen, die sie umgaben. Etwa mit dem Flurspiegel, aber auch mit dem gestreiften Geschirrtrockentuch.

Vom fünfzigsten Lebensjahr an ging Mutter nicht mehr zum Arzt. Ihre Mutter war mit fünfzig nach längerer Krankheit gestorben, und so war in meiner Mutter schon in jungen Jahren die Überzeugung gereift, dass sämtliche Ärzte auch ihr selbst von diesem Tag an den baldigen Tod bescheinigen, oder wenn das nicht unmittelbar, dann zumindest den Weg dorthin haarklein aufzeichnen und ebnen würden. Mit Diagnosen und Medikamenten. Und folgerichtig dachte sie, dass das Geheimnis eines langen Lebens für sie im totalen Verzicht auf jede Form von medizinischer Hilfe begründet lag. Kurzformel: Wo kein Arzt – da keine Krankheit. In diesem Punkt blieb sie bis zu ihrem achtzigsten Lebensjahr beinahe völlig konsequent. Sie ging nicht einmal zum Zahnarzt. Mit einer Ausnahme. Sie war wohl knapp über siebzig, litt unter anhaltenden Zahnschmerzen und ließ sich in einem schwachen Augenblick von mir überreden.

Der Zahnarzt sah sich alles an und sagte, dass es in ihrem Mund hoch hergehen würde, da wären wegen all der über die Jahre fortgeschrittenen Karies und ungebremsten Fäulnis Gebilde entstanden, die hätte er bislang so noch nicht zu Gesicht bekommen. Er begann auch gar nicht mit der Behandlung, sondern protokollierte lediglich die Schäden. Damit hatte er fürs Erste genug zu tun. Im Ergebnis lief sein Protokoll auf einen Totalschaden hinaus.

Mutter sagte, dass sie zu Hause über die Angelegenheit nachdenken würde, sich klar werden müsse, ob sie im Hinblick auf ihr Alter und dem von Haus aus schwachem Herzen (die Familie mütterlicherseits war ausnahmslos den Herztod gestorben) die erforderliche Sanierung nicht lieber in einer Zahnklinik vornehmen lasse. Ehe wir die Praxis verließen, mahnte der Zahnarzt noch einmal, die Angelegenheit – egal an welchem Ort – dringend in Angriff zu nehmen.

Mutter nickte. Was für sie keinerlei verpflichtende Bedeutung hatte, sondern nur dazu diente, die wenig erbaulichen Räumlichkeiten rasch hinter sich lassen zu können.

Es blieb ihr letzter Zahnarztbesuch. Erstaunlicherweise litt sie von diesem Tag an nicht mehr unter Zahnschmerzen.

Nach Vaters Tod hatte Mutter das Haus verkauft und den Erlös zum Großteil dazu genutzt, sich eine Wohnung in einem privat geführten Seniorenwohnheim zu nehmen. Dort wo ein Fünfzig-Quadratmeter-Appartement tausendsechshundert Euro Miete im Monat kostete, residierten ausnahmslos die übrig gebliebenen Großmütter oder Großväter jenseits der siebzig aus der gutbürgerlichen Mitte und spielten Rentnerelite. Den lieben langen Tag herrschten gute Manieren und Modediktat. Knigge und Königshäuser.

Wie auch immer, Mutter fühlte sich wohl. Der Kreis hatte sich für sie geschlossen. Sie war nach Hause zurückgekehrt. Ihr Vater war Knappschaftsdirektor. Ein Pfund mit dem sie wuchern konnte in diesem Hause. Und sie wucherte ...

Wenn ich sie besuchen kam, passte das allerdings nicht ins Bild. Die Mitbewohnerinnen und Bewohner sahen mich an, als hätte ich mir den Zutritt zum Haus ergaunert, um irgendwen oder womöglich alle Anwesenden hintereinander weg auszurauben.

Mutter ließ sich immer wieder Ausreden einfallen, um insbesondere ihren Nachbarinnen vom Mittagstisch meine ungebührliche Bekleidung (ausnahmslos schwarze Textilien, obwohl es keinen ersichtlichen Grund zur Dauer-Trauer gab), nebst Haarwildwuchs erklären zu können.

»Er ist krank«, sagte sie einmal zu einer ihrer Tischnachbarinnen.

»Und dann läuft er so frei herum?«, antwortete diese.

Im Seniorenwohnheim hätte sie sich Coco Sechs zulegen können, aber sie hatte, wie schon gesagt, keinen Bedarf mehr an einem neuerlichen tierischen Begleiter.

Das Herunterlesen mittelschwerer Bücher (ein von ihr selbst erdachtes Schlagwort für Kitsch-Literatur, die einen Fingerbreit über Heftcheniniveau hinausragte), ausgedehnte Shopping-Touren in angestaubten Ü-70-Boutiquen und das abendliche TV-Serienschrott-Vergnügen waren die Highlights ihrer letzten Jahre. Ab und an beteiligte sie sich am gemeinschaftlichen Volksliedersingen, wenn der greise Alleinunterhalter im Seniorenstift umging und am Klavier zur Karaoke-Stunde lud. Da wurde aus zahlreichen Kehlen der schwarzbraunen Haselnuss gehuldigt, oder auch mit Theo nach Lodz gefahren. Alle Alten sangen mit, obwohl mit Sicherheit nicht einer von ihnen wusste, wo dieses Lodz überhaupt lag.

Ich auch nicht. Aber mir durfte es gleich sein, ich hasste diesen Song, immer schon. Er stand bei mir auf einer Stufe mit Der kleinen Kneipe, gesungen vom schleimigsten aller Fernsehunterhalter der Schwarz-Weiß-TV-Zeit, Peter Alexander. Meine Mutter hätte für dieses Aushängeschild aller Nachkriegs-Spießer auf der Stelle meinen Vater verlassen und wäre mit Herrn Alexander direkt ins Weiße Rössl am Wolfgangsee gezogen, hätte dieser ihr nur einen Fingerzeig gegeben. Aber der Peter Alexander blieb hinter der Mattscheibe und war dort unerreichbar, und so wohnte Mutter mit meinem Vater weiter am Erdbeerweg. Eine Adresse, die mir als Schüler beinahe zum Verhängnis geworden wäre. Ich hatte meine Monatskarte daheim vergessen und wurde auf dem Rückweg von der Schule von zwei besonders hässlichen Kontrolleurinnen bedrängt. Auf die Frage nach Name und Adresse wurde mir der Erdbeerweg nicht geglaubt. Die Polizei wurde hinzugerufen und hatte zum Glück einen Stadtplan dabei.

Inzwischen lebte Mutter also im Haus Lauenstein bei der besseren Gesellschaft, die sich gleichwohl auch ins Höschen machte, wenn die Blase schwächelte, und das tat sie ab einem gewissen Alter häufiger, unabhängig vom Kontostand. Die Blase war kein bestechliches Organ. Jedenfalls roch es unangenehm, insbesondere, wenn man mit dem Aufzug fuhr. Das leichte Schaukeln der Aufzugkabine nahm wohl Einfluss auf die Schließmuskulatur der Senioren.

Liebend gern beim Kaffeetrinken und Kuchenessen erzählte Mutter von ihren Verdauungsproblemen. Ich dachte, das wäre ein Tick von ihr, um sich interessant zu machen, quasi in altersgerechter Weise zu schocken. Dann jedoch kam der Tag, als sie ins Krankenhaus abtransportiert wurde. Diagnose: Darmkrebs im fortgeschrittenen Stadium.

Mein Bruder und ich wurden ins Krankenzimmer gebeten, um angesichts der dramatischen Lage unsere Mutter vom medizinisch dringend Gebotenen auf unsere Weise zu überzeugen, familiären Beistand zu leisten, sozusagen. Das Ärzteteam klärte auf: Wenn Mutter sich nicht mit einer sofortigen Operation einverstanden erklären würde, wäre sie binnen vierundzwanzig Stunden tot. Alle schauten dabei aufs Krankenbett hinunter, in dem Mutter lag, und machten Gesichter wie der Mathematiklehrer in der Schule, wenn er darauf beharrte, dass dreimal drei ausnahmslos neun ergibt.

Mutter sagte zunächst gar nichts. Sie hörte sich sämtliche Argumente an und schaute dabei zurück, also vom Bett aufwärts. Beim Schauen wurde ihr dann wohl klar, dass etwas von ihr erwartet wurde, wovor sie sich im Leben stets so gut es ging gedrückt hatte: eine Entscheidung.

Ich war ziemlich überrascht, als sie in unserem Beisein den staunenden Medizinern antwortete:

»Ach, ihr Ärzte, ihr wisst auch nicht alles.«

Den Mut, den Eingriff abzulehnen, und es darauf ankommen zu lassen, hatte sie jedoch nicht, schlussendlich ließ sie sich auf die Operation ein.

Sie überlebte und landete auf der Intensivstation. Gegen die Schmerzen gab's Morphium. Ausreichend Morphium. Und doch so gut dosiert, dass sie mich erkannte und auch ansprechbar war, wenn ich sie besuchte. Sie wirkte sogar recht gesprächig, was mir beinahe ungewöhnlich vorkam, nach all dem, was sie gerade erst hinter sich hatte. Auch ergab das, was sie sagte, durchaus Sinn und ließ keine Rückschlüsse zu, dass sie unter Drogeneinfluss stand. Nur ein einziges Mal lag die Sache anders. Da unterhielt sie sich mit ihrem Bettnachbarn, einem neunzigjährigen Greis in einer fremdartig klingenden Sprache. Es handelte sich jedoch nicht um eine reale Sprache, es war, wie der Arzt mir bestätigte, eine Art Fantasiesprache. Sie und ihr Bettnachbar beherrschten diese Sprache jedenfalls gleich gut und scherzten und lachten, während ich nur staunend und sprachlos dabei saß und kein Wort verstand.

Während ich dem Zwiegespräch der beiden tief beeindruckt lauschte, erklärte die Stationsschwester vollkommen emotionslos, dass so etwas schon einmal vorkommen würde, wenn die Patienten unter Morphium-Einfluss stünden. Sie schien sich keine weiteren Gedanken darüber zu machen.

Ich schon. Ich fand den Vorgang ungemein mysteriös. Eine Droge, die zeitgleich zwei Menschen, die sich nicht weiter kannten, Sprach- und Bildwelten auf eine Weise öffnete, dass es diesen beiden möglich war, sich in einer Fantasiesprache zu unterhalten, das war schon mehr als eigenartig. Warum wurde Derartiges nicht weiter untersucht? Das war doch weitaus interessanter, als die allermeisten fragwürdigen Forschungsprojekte, in die normalerweise Zeit und Geld flossen. Derartige Phänomene passten offensichtlich nicht in diese Zeit von Wachstum, Fortschritt und Technik-Anbetung. Alles Mystische, Ungewöhnliche, ja Unerklärliche trug den Stempel des Vorgestrigen und Überholten. Kein Mensch, der bei klarem Verstand war, glaubte noch ernsthaft an unerklärliche Phänomene. Outete man sich als ein Zweifler an der allgemeinen Ausrichtung der Technik- und Fortschrittshörigkeit und gar als ein Interessierter an allem Übernatürlichem, erhielt man das Etikett Verschwörungstheoretiker. Das war mehr als ein Aufkleber, das war die Totschlagkeule. Gesellschaftliche Ächtung die Folge.

Als ich Mutter auf ihren Sprachausflug mit dem Bettnachbarn ansprach, tat sie so, als wüsste sie nichts davon.

Ein paar Wochen später war sie tot. Gestorben im Krankenhaus. Obgleich mir der Stationsarzt zwei Tage zuvor erklärt hatte, dass sie noch locker zehn Jahre leben würde, starb sie. Mutter, die sich zeitlebens vor jeder Kopfschmerztablette gefürchtet hatte, verabschiedete sich aus dieser Welt vollgepumpt mit Morphium und einem seligen Lächeln im Gesicht.

Herbst sein V (2012)

Ich lese gern mal anderswo. Außerhalb Bochums, außerhalb des Ruhrgebiets. Besonders gern bin ich in Leipzig, der Stadt meines ersten Verlags, der Edition PaperONE. Bei größeren Entfernungen reise ich vorzugsweise mit dem Zug an. Während der Fahrt sitze ich in aller Regel nur herum, werde transportiert, schließe die Augen oder auch nicht, höre Musik über den MP3-Player, schaue aus dem Fenster oder auch nicht.

Den Zugfahrer sehe ich nicht. Wie auch? Die Lok – nennt sich der vordere Wagen überhaupt noch Lok? – hat nur winzige Fenster zur Seite und die sind weit oben, da vermag nicht einmal ein Zwei-Meter-Mann wie Doktor Farian hineinzuschauen. Ich weiß also nicht, ob der Fahrer (oder Lokomotivführer?), Mann oder Frau ist, ob die Person groß oder klein, Bartträger oder nicht, alt oder noch jung ist …

Vor Jahren wurde in Bochum-Weitmar ein Bus entführt. Kurz nach Mitternacht. Der Fahrer hatte wohl eine schwache Blase oder zu viel getrunken oder gleich beides auf einmal. Er hatte sich jedenfalls in höchster Not gezwungen gesehen, den Bus auf der Strecke zwischen zwei Haltestellen zu stoppen und auszusteigen. Er stellte sich hinter einen Busch, um sich Erleichterung zu verschaffen.

Zunächst ging alles glatt über die Bühne, da der Bus zu diesem Augenblick keinen Fahrgast hatte, der sich über die ungewöhnliche Aktion des Busfahrers hätte beschweren können. Als der Fahrer vom Druck befreit schließlich hinterm Busch wieder vorkam, war sein Bus verschwunden.

Geklaut.

Wie sich später herausstellte, handelte es sich bei dem Dieb um einen siebzehnjährigen Schüler, der als Entschuldigung angab, er hätte unter heftigen Ohrenschmerzen gelitten und darum nicht gewusst, was er tat …

Als Fahrgast im Intercity kann kein Mensch den Fahrer sehen. Es würde also keinem Reisenden auffallen, wenn der Zug gekidnappt worden und der Dieb und Lenker erst vierzehn Jahre alt wäre. Was ist schon dabei, einen Zug zu fahren? Der rollt an den Schienen längs. Im Grunde muss der Fahrer nur bremsen und den Knopf bedienen, der zum Öffnen und Schließen der Türen zu bedienen ist, wenn das nicht sogar automatisch funktioniert heutzutage. Außerdem muss der Fahrer noch aus dem Fenster schauen und im Blick haben, ob etwas Größeres auf den Schienen liegt, ein Tier oder ein Mensch oder sogar zwei.

Ich bin unterwegs nach Leipzig, gleich wie alt der Zugfahrer ist. Literarischer Herbst nennt sich die Veranstaltung in Leipzig, an der die Edition PaperONE teilnimmt, und ich neben weiteren Autoren des Verlags eingeladen bin.

In Hannover muss ich umsteigen. Und dann sollte es schnell gehen, denn es bleiben nur sieben Minuten, um den direkten Anschlusszug zu kriegen. Noch in Bochum am Bahnhof wird mir klar, dass die Chance auf den Anschlusszug nach Leipzig gleich null ist. Der ICE wird mit einer Verspätung von zwanzig Minuten in Bochum erwartet. Und so kommt es, wie es kommt: Zwei Stunden später, bei der Ankunft in Hannover hat der ICE noch immer siebzehn Minuten Verspätung. Das bedeutet für mich, eine Stunde Zwischenaufenthalt.

Ich verlasse den Bahnsteig. Treppe herunter Richtung Bahnhofshallen. Die Shoppingzone empfängt mich. Kommt mir deutlich zu groß vor für eine Bahnhofsgeschäftsmeile einer Stadt von der Größe Hannovers. Geschäfte links wie rechts, kein Ende in Sicht. Der Anblick überfällt den Reisenden wie ein falsches Versprechen. Ich spaziere irritiert mit meinem Gepäck nach links. Etwa hundert Meter nur, denke dabei vor mich hin, dass ich nicht so weit laufen sollte, da ich den Weg auch wieder zurück würde gehen müssen. Also bleibe ich stehen, mache kehrt und schlendere in die Richtung, aus der ich gekommen bin. In unmittelbarer Nähe zum Aufgang Richtung Abfahrtgleis, beschließe ich einen Milchkaffee zu trinken. Von diesen Geschäften mit Kaffeeausschank wimmelt es geradezu auf der Bahnhofs-Flaniermeile von Hannover. Wahllos betrete ich einen dieser Shops. Um mich herum ist alles, was ich brauche. Ein Hocker, ein Bistrotisch und eine große Tasse mit Milchkaffee. Die Reisetasche steht neben dem Hocker. Ich lasse meinen rechten Fuß unmittelbar darüber baumeln, sodass ein Dieb erst meinen Fuß beiseiteschieben müsste. Das würde mir sofort auffallen.

Einen Bistrotisch weiter hockt ein Ehepaar. Frau und Mann vertilgen dort ganz ungeniert ihre offensichtlich daheim geschmierten Stullen. Sie teilen sich ein Kaffeegetränk, das ihrem Aufenthalt im Bistro wohl als Alibi dient, ihr Dasitzen rechtfertigt. Auch haben sie eine Serviette, die auf dem Zubehörtischchen an der Kasse ausliegen, zum Tisch mitgenommen, die sie jedoch nicht zum Mundabputzen oder Händereinigen benutzen. Der Mann hat sein Gebiss (Oberkiefer) auf der Serviette abgelegt, nachdem die Frau es ihm zuvor recht umständlich unter Zuhilfenahme ihrer beiden Hände aus dem Mund geholt hat. Zahnlos beginnt der Mann seine Stulle zu essen, kaut wohl mit dem Zahnfleisch oder lutscht das Brot platt, was weiß ich ... Zwischendrin schlürfen beide vom Kaffee.

Sie isst auch, behält ihre Zähne aber im Mund.

Als beide fertig sind, nimmt er das Gebiss von der Serviette und schiebt es in seinen weit aufgerissenen Mund zurück. Allerdings nur für kurze Zeit. Nicht einmal für eine volle Minute.

Ich habe gerade »mein Gott noch eins« gedacht, da sagt er etwas zu ihr, das klingt wie: »Falsch rum«. Und dann reißt er den Mund auf, und sie nimmt tatsächlich sein Gebiss wieder heraus, mit beiden Händen.

Während die Frau seine Zähne, von denen etwas Sabber heruntertropft, festhält, langt er mit seiner rechten Hand in seinen Mund und puhlt linksseitig im Oberkiefer herum. Es ist weiß Gott nicht schön anzusehen.

Nachdem er seine Hand aus dem Mund zurückkommandiert hat, präsentiert er der Frau ein Stück Serviette.

Sie schüttelt den Kopf und zischt: »Hast du nun alles?«

Der Mann nickt.

Die Frau hält ihm das Gebiss hin, und er schiebt es zurück in den Mund.

Ich gehe. Ich habe genug gesehen, habe genug Zerstreuung genossen während meines Zwischenaufenthalts in Hannover ...

Während der Weiterfahrt denke ich darüber nach, wie lässig dieser Mann mit seinem Makel umgegangen ist, in aller Öffentlichkeit. Ich hätte den Vorgang filmen und später bei YouTube hochladen können, es hätte ihm wohl nichts ausgemacht. Und diese Schwäche kommt mir bei genauerer Betrachtung wie eine ungeheure Stärke vor, das Gefühl, darauf scheißen zu können, was Hans und Franz oder Lisa und ich dabei denken würden, wenn wir unfreiwillig Zeuge wurden, wie sich dieser Mann mal eben sein Gebiss herausnahm, in der Nase popelte oder sonst etwas machte, wofür das Wort peinlich dereinst erfunden worden war.

Crazy thing called love IV (2009)

Wieder ein Tag, der viel zu hastig auf die Nacht folgte, und als ich noch schlaftrunken den Rechner hochfuhr, um meine Mails abzufragen, da sah ich, dass ein Arsch mein Freund werden wollte auf MySpace.
Ein Frauenarsch.
Es handelte sich um einen wohlgeformten Frauenarsch. Geradezu perfekt geformt. Und dennoch, was mochte das für eine Frau sein, die dahintersteckte? Welche Frau kam auf die Idee, ein Bild von ihrem Arsch als Avatar für ein soziales Netzwerk auszuwählen?
Und warum?
Fetisch?
Sex für Geld?
Und wenn schon, da ist nichts Schlechtes dabei, flüsterte ich vor mich hin, und im Anschluss focht ich mit mir. Innerlich. Einen harten Kampf.
Hätte ich ein paar hundert Freunde gehabt, hätte ich den Frauenarsch wohl ohne zu zögern angenommen, schon um ihm und seiner Eigentümerin zu demonstrieren, dass mir der Liebreiz ihres Körperteils nicht verborgen geblieben war. Es wäre ja kein Risiko dabei gewesen, weil er ja so weit hinten in meiner Freundesliste gelandet wäre, als vier- oder fünfhundertster Freund. Da ich aber Neuling war bei MySpace und erst neun Freunde besaß, wäre der Frauenarsch gleich vorn auf der ersten Seite mit dabei gewesen. Wie hätte das wohl ausgesehen?

Neun Gesichter und ein Arsch dazwischen, wenn auch ein derart wohlgeformter ...

Ich beschloss, mich erst einmal auf der MySpace-Seite der Frau umzusehen und zu schauen, was für Leute sich sonst noch in ihrer Freundesliste befanden. Als hätte ich es geahnt, in der Freundesliste dieser Frau waren nur Typen, die aufgrund ihres Avatars den Eindruck machten, als hätten sie das gesamte bisherige Leben im Fitnessstudio verbracht. Und dementsprechend verfügten sie nur über rudimentäre Sprachkenntnisse, was ihre wortkargen Kommentare nur allzu deutlich machten.

Ich verweigerte der MySpace-Arsch-Avatar-Frau die Freundschaft. Nicht vorstellbar, wie ich mich zwischen all den tätowierten Muskelbergen gemacht hätte ...

Herbst sein VI – Tot sein V
(November 2012)

Rosa Hochhaus, acht Stockwerke, zweiunddreißig Mietparteien. Meine Wohnung liegt auf der Eins. Aus dem Haus gehe ich nur, wenn ich irgendwo hin muss. Termine. Und ich verlasse das Haus stets mit einem Zeitpolster von maximal fünf Minuten. Kaum Gelegenheit also für nachbarschaftlichen Small Talk.

Am 11. September 2013 gehe ich um vierzehn Uhr dreißig aus dem Haus. Erledigungen in der Sozialberatung. Vor dem Haus spricht mich eine mir unbekannte weibliche Person fortgeschrittenen Alters an. Unattraktive Erscheinung, ausdrucksloses Gesicht, keine Sympathiepunkte.

Ich gebe ihr Zeit für drei Sätze. Satz eins geht komplett an mir vorbei. Sie fragt mich nach einer Garage, die einem Herrn Hennemann gehören soll, der angeblich in meinem Haus wohne. Ich kenne ihn nicht und somit erst recht nicht seine Garage. Weiß aber, dass er im Haus wohnt. Auf der Drei oder der Vier. Ich habe seinen Namen schon einmal an den Briefkästen gelesen. Das Thema Garagen finde ich jedoch vollkommen uninteressant.

Der zweite Satz der Frau ist ergiebiger: »Herr Hennemann ist tot«, sagt sie, »wohl schon vor fünf Tagen gestorben. Er liegt noch oben in der Wohnung auf der Dritten und hat ein ganz schwarzes Gesicht.« Sie habe ihn kaum mehr wiedererkannt mit diesem schwarzen Gesicht und dabei sei sie seine Mutter, sagt sie.

»Na dann muss er ja noch relativ jung sein«, sage ich mit Blick auf die Frau, die ich auf Anfang sechzig schätze.

»Vor ein paar Wochen ist er einundfünfzig geworden«, sagt sie.

Das kommt mir komisch vor, glaube ich so nicht auf Anhieb. Sie kann ihn nicht mit neun oder zehn Jahren bekommen haben. Vielleicht doch, denke ich dann, vielleicht hatte sie ihn adoptiert, oder sie ist nur seine Stiefmutter.

Sie fragt mich, ob sie wohl die Polizei rufen müsse.

»Ja, sicher«, sage ich, »wenn er doch tot ist und schon schwarz im Gesicht.«

Sie erklärt, dass es ihr nicht möglich gewesen sei, mit seinem Telefon zu telefonieren, es würde sich um ein zu kompliziertes Gerät handeln.

Ich verspüre wenig Lust, ihr meine Hilfe anzubieten, schon wegen des knapp bemessenen Zeitfensters, gebe mir dann aber einen Ruck und biete an, ihr für den Anruf bei der Polizei mein Handy zur Verfügung zu stellen.

Sie weigert sich. Möchte stattdessen lieber erst nach Hause fahren und von dort aus die Polizei anrufen.

Ob das auch ginge, fragt sie.

»Das geht auch«, sage ich.

Als wären wir befreundet, verwandt oder bekannt, begleitet sie mich schwatzend bis zur Bushaltestelle. Sie schwatzt, während sie auf wundersame Weise mit mir Schritt hält, obgleich es den Anschein hat, dass ihre Beine recht kurz sind, vielleicht ist jedoch auch ihr Rock so lang, dass es einen falschen Eindruck macht, jedenfalls plauderte sie aus, dass ihr Sohn, dieser Herr Hennemann, immer zum Mittagessen zu ihr gekommen sei, aber nun eben schon seit einer Woche nicht mehr. Sie ginge also davon aus, dass er seit fünf Tagen tot sei, weil er schon einmal für zwei Tage mittags nicht zum Essen gekommen wäre. Am dritten Tag sei er allerdings immer gekommen, sagt sie, und dass sie deshalb spätestens am vierten Tag sicher gewesen sei, dass etwas nicht stimmen würde.

Ich denke an die Textaufgaben im Mathematikunterricht in der Mittelstufe, und komme zu dem Schluss, dass sie sich noch zwei oder sogar drei Tage Zeit gelassen hat mit dem Nachschauen, sage aber nichts.

Für einen Moment herrscht Sprachstillstand. Dann sagt sie, dass es schon ganz ordentlich gestunken habe in der Wohnung, und dass sie so etwas noch nie zuvor gerochen hätte.

Ich sage nichts mehr. Halte deutlichen Abstand an der Haltestelle und setze mich im Bus nicht neben die Frau. Schwarz im Gesicht nach fünf Tagen, denke ich, gibt es so etwas? Hat er sich angezündet, der Herr Hennemann? Im Gesicht? Verbrannt. Eingeschlafen mit Zigarette im Mund und dann langsam abgebrannt? Kaum vorstellbar.

Um sechzehn Uhr bin ich zurück.

Es riecht im Treppenhaus. Unangenehm nach Tod. In meiner Wohnung riecht es noch nicht. Zum Glück.

Zehn Minuten später kommt die Polizei.

Frau Ochs, die auch auf der Drei wohnt, befindet sich im Hausflur und fragt die Beamten derart laut, dass es jeder im Haus hören kann, ob der Herr Hennemann von allein gestorben sei.

Die Polizei, die meines Wissens gar keine Auskunft geben darf, bejaht das.

Kurz darauf trifft ein Bestattungsunternehmen ein.

Herr Hennemann wird abgeholt.

Er ist der fünfte Todesfall, seit ich hier wohne.

Im Schnitt wird im rosa Hochhaus alle zwei Jahre gestorben. Da kann man leicht ausrechnen, wann einmal rundherum alle Mieter tot sein werden im Haus. Ich selbst eingeschlossen. Ich lasse es aber. Es ist mir eine Rechnung mit zu vielen Unbekannten …

Soldat sein IV (1975)

Ich war einundzwanzig geworden und trieb noch immer ziellos dahin, beschäftigt mit der Ableistung meiner Militärzeit. Die Grundausbildung lag hinter mir, der Englisch-Fernmeldetechnik-Lehrgang in Münchweiler ebenso. Inzwischen war ich zweisprachig ausgebildeter Funker.

Ich hatte kein sonderliches Vertrauen gesetzt in Stuffz Walters Ankündigung, er würde schon dafür sorgen, dass ich nach Abschluss der Ausbildung in Münchweiler zu seiner Station käme. Ich hätte ihm solch einen Einfluss gar nicht zugetraut. Aber: falsch gedacht. Ich war tatsächlich in sein Team im Centaq Head Quarter zu Mannheim-Käfertal versetzt worden. Tiger 42 nannte sich die Station, und es entsprach durchaus auch den Tatsachen, dass es sich bei den Soldaten der Station im Großen und Ganzen (es gab da einen Obergefreiten Klose, der ziemlich aus dem Rahmen fiel) um einen chaotischen Haufen handelte. Einmal im Jahr gab es einen Stationswettbewerb, bei dem die Soldaten und der Zustand des technischen Geräts zur Bewertung stand, und Tiger 42 landete in beiden Kategorien Jahr für Jahr auf dem letzten Platz.

Mit mir zählten fünfzehn Soldaten zum Team von Tiger 42. Gearbeitet wurde im Schichtdienst: tagsüber zu dritt, in der Spät- und Nachtschicht zu zweit. Zu unseren Aufgaben zählten die Pflege und Wartung der Fernmeldegeräte, die sich in olivfarbenen Containereinheiten auf dem Dachplateau eines fünfzig Meter hohen Turms befanden. In

Vier-Stunden-Intervallen beginnend um acht Uhr morgens, mussten Kontrollmessungen an den Geräten durchgeführt werden. Alle vier Stunden hatte einer von uns die schier endlose steinerne Wendeltreppe zum Turmplateau hinaufzusteigen. Von morgens vier bis zwanzig Uhr am Abend ging es der Reihe nach. Keiner war von der Aufgabe angetan, aber alle fügten sich der Pflicht. Dabei scherte sich nicht einer von uns darum, ob er nun für die erste, dritte oder fünfte Tagesmessung zuständig war. Bei der Messung um vierundzwanzig Uhr sah das anders aus …

Ich hatte weder eine Ahnung davon, wer sich das ganze einmal ausgedacht hatte, noch davon, wie lange es schon Brauch war, jedenfalls wurde die mitternächtliche Messung ausgewürfelt. In der Regel hielten sich Glück und Pech die Waage. Nur ein einziges Mal traf es mich ganze fünf Mal in einer Woche, und das war nun ausgerechnet in dieser Woche geschehen. Sechs oder gar volle sieben Mal hatte – soweit ich davon wusste – nie jemand verloren. Ich hoffte, daran würde sich auch in dieser Juliwoche nichts ändern …

Es war die Nacht von Freitag auf Samstag. Den gesamten Tag über zeigte sich der Himmel von schwarzen Wolken verhangen, dazu war es tropisch warm und nahezu windstill. Seit dem frühen Morgen hing ein Gewitter über der Stadt, das nicht kommen, aber auch nicht weichen wollte. Es lauerte, um den Zeitpunkt abzupassen, wann es am effektivsten sein würde, zuzuschlagen …

Kurz nach dreiundzwanzig Uhr zuckten ein paar grelle Blitze am Himmel, denen kein einziger Donnerschlag folgte. Ich konnte nicht leugnen, dass eine eigentümlich nervöse Stimmung von mir Besitz ergriff, und als Jens, der mit mir zum Nachtdienst eingeteilt war, gegen dreiundzwanzig Uhr zwanzig mit dem Würfelbecher in der Hand an den Tisch herantrat, tauchte in mir jene längst vergessen geglaubte Kindheitserinnerung wieder auf, die Erinnerung daran, wie es sich angefühlt hatte, nach Einbruch der Dunkelheit in den Keller zu müssen.

Es war fast immer um Dinge gegangen, die man ohne Weiteres auch am Tage hätte erledigen können: Der Besuch irgendwelcher Onkel und Tanten stand schon eine Woche vorher fest, und doch bemerkten meine Eltern erst am Abend selbst und darüber hinaus auch erst nach Einbruch der Dunkelheit, dass noch Wein aus dem Keller geholt werden musste. Es kam auch vor, dass meine Mutter ohne nennenswerten Grund darauf bestand, einer von uns Kindern solle nachprüfen, ob die Kellertür, die zum Garten führte, abgeschlossen war. Dazu musste man nicht nur die schier endlose Kellertreppe hinunter, sondern noch das gesamte Kellergewölbe durchqueren. Mein Bruder oder ich, hieß es damals.

»Heute fängst du an.« Jens zwängte sich neben mich auf die Couch.

Es wäre schon mehr als eigenartig wieder zu verlieren, dachte ich. Selbst beim Roulette stieg die

Chance auf Rot nach fünf Mal in Folge Schwarz doch enorm.

Ich bewegte den Becher, indem ich ihn wie in Zeitlupe umstülpte und zwar so, dass der Würfel in meine Hand rollte. Ich hielt inne und versuchte, sämtliches Denken auf die Zahl Sechs zu konzentrieren. Derart eingestimmt ließ ich den Würfel zurück in den Becher gleiten, um dann fließend zum Wurf anzusetzen.

Es donnerte.

Dumpfes Grollen.

Verfluchtes Wetter, dachte ich und sah mich gezwungen, alle Handbewegungen zu wiederholen. Ich beschwor mich, keiner weiteren Einflüsterung, keiner weiteren Ablenkung auf den Leim zu gehen. Gerade in der Unkonzentriertheit missglücken die Dinge.

Ich würfelte eine Fünf. Einigermaßen erleichtert gab ich den Becher weiter.

Jens schien nicht sonderlich beeindruckt, weder von meiner Vorlage, noch dem Naturschauspiel dort draußen. Es hatte den Anschein, als käme er gar nicht auf den Gedanken, seine Portion Spielglück könne für diese Woche aufgebraucht sein. Wie in den Nächten zuvor verschmähte er den Becher und rollte den Würfel in der Hand, nur rollte er ihn dieses Mal deutlich länger, als es mir aus allen gemeinsamen Nachtschichten in Erinnerung war. Dabei bewegte er die Lippen, als würde er eine Zauberformel aufsagen. Er zögerte und zögerte, füllte ganze Minuten mit seinem albern-geheimnisvollen Gehabe.

Ich beschloss, ihn ein wenig anzutreiben: »Wenn du bis fünf vor zwölf nicht gewürfelt hast, musst du auf jeden Fall zum Turm rauf!«

Jens sah nicht einmal zu mir auf, so versunken war er in sein rituelles Getue. Womöglich waren meine Worte – wenn auch zeitverzögert – doch noch zu ihm durchgedrungen, jedenfalls ließ er wenig später den Würfel aus der Hand gleiten. Das quadratische Stück Hartplastik kollidierte mit dem Tisch, überschlug sich ein paar Mal und blieb dann am Tischrand liegen.

Eine Fünf, Jens hatte tatsächlich auch eine Fünf. Wir waren gezwungen, neu anzufangen.

Denke positiv, denke trotz allem positiv, sagte ich mir und dachte noch erklärend hinzu: Dieses Remis besagt gar nichts. Es bleibt dabei, fünf Mal hintereinander ich, heute Nacht Jens. Fünfmal Schwarz, dann Rot.

Ich hatte eine Vier.

Jens glich aus.

Ich legte eine Drei vor, und Jens warf ebenfalls eine Drei. Wir würfelten in immer kürzeren Abständen. Keine Gedanken, keine Taktik mehr. Rauschzustand.

Die Pattsituation ereignete sich noch zwei weitere Male mit der Sechs, ehe wir fast gleichzeitig den Kopf in die Höhe reckten und uns anstierten wie zwei Kampfhähne, die beabsichtigten, kurz zu krähen, ehe sie wieder aufeinander losgingen.

»Lass den Blödsinn!«, zischte Jens.

»Wieso ich?!«, gab ich zurück.

Auf meine Worte folgten mehrere kräftige Donnerschläge

Ich schwitzte. Gleichzeitig war mir kalt. Kreislaufflash. Schlechte Vorzeichen!

Beim sechsten Wurf verlor ich. Mein Hemd pappte am Körper wie eine zweite Haut und ich verlor, einfach so.

»Dann mal los, den Weg kennst du ja inzwischen!« Jens spulte den Satz in einem Tonfall ab, der jegliche vorangegangene Anspannung leugnete.

Mir waren die Worte ausgegangen.

Alle.

Ich griff roboterhaft nach der Kladde, in die sämtliche Messungs-Ergebnisse eingetragen wurden, klemmte dieselbe unter den Arm und verließ den Raum. Wie eine aufgezogene Spielzeugfigur bewegte ich mich in Richtung Turm, entriegelte die Eingangstür und überwand die ersten Stufen der Wendeltreppe. Nach zwanzig, dreißig Schritten blieb ich stehen. Der Lichtkegel der Taschenlampe hatte eine fette schwarze Spinne erfasst, die sich von irgendwo weiter oben an einem ihrer Spinnfäden herunter gelassen hatte und nur wenige Zentimeter vor meinem Gesicht baumelte. Ich wich unweigerlich zurück. Während ich um Fassung rang, bemüht war, den Drei-W-Gedanken, was-wäre-wenn in Bezug auf das Spinnentier zurückzudrängen, ertönten mehrere aufeinander folgende Donnerschläge. Blitz, Donner und Grusel, ein Klischee, mehr nicht, sagte ich mir. Warum aber dann diese diffuse Unruhe? Warum lachte ich nicht laut auf? Es war doch völlig absurd, die unendliche Würfelaktion, dazu das Gewitter, und dann noch die fette Spinne, die mir vorm Gesicht baumelte, und das alles unmittelbar vor Mitternacht, der Geisterstunde schlechthin.

Im Turm sieht man die Blitze nicht, dachte ich. Wie man so vieles andere auch nicht sehen kann, was existiert, und nur im Augenblick nicht sichtbar ist, oder nur zufällig mal in aller Kürze, wie die Spinne, die inzwischen wieder ins Dunkel abgetaucht war. Dennoch war sie da, blieb vorhanden, wahrscheinlich sogar in unmittelbarer Nähe. Das Wissen um ihre Anwesenheit war in mir und arbeitete vor sich hin. Ich dachte an weitere mögliche Gefahren, die im Verborgenen lauerten, und ihren Spaß daran hatten, Schrecken zu verbreiten. Alle gruseligen Dinge haben ihren Spaß mit uns Menschen in der Dunkelheit, in der Nacht, an ungewöhnlichen, einsamen Orten.

Ich lenkte den Strahl der Taschenlampe in Richtung der nächsten paar Stufen und bewegte mich zögerlich vorwärts. Was für eine verrückte Sache! Jens hatte gewonnen, weil er drei Mal in Folge eine Sechs geworfen hatte. Und das, nachdem wir zuvor tatsächlich fünf Mal in Folge eine Pattsituation gehabt hatten. Drei Mal die Sechs, in der sechsten Nacht, beim sechsten Wurf … 666, das Zeichen der Apokalypse! Kaum waren die Gedanken gedacht, kamen sie. Sie stiegen aus den Gruselgeschichten und Horrorfilmen, versammelten sich um mich herum, und schoben sich mit mir die letzten Treppenstufen herauf. Noch auf dem Dachplateau, wo der schmale Lichtkegel meiner Taschenlampe die Schritte zum Container so gut es ging ausleuchtete, waren sie unsichtbar neben mir. Ich fühlte eine frostige Kälte, die sich vom Innersten ihren Weg nach außen bahnte und mich in meinem Aktionsradius mehr und mehr einengte. Ich reagierte wie in Zeitlupe.

Ein gewaltiger Blitz schnitt in den nachtschwarzen Himmel, als wolle er diesem eine klaffende Wunde zufügen, ein zweiter tanzte am Gestänge der Plateauumrandung entlang. Nur Sekundenbruchteile später folgte krachender Donner. Das alles geschah selbstverständlich, bevor ich in der Lage war, die Containertür hinter mir ins Schloss zu ziehen. Und doch schaffte ich es, hineinzugelangen. Ich drückte den Lichtschalter und war erleichtert, als die Neonröhre nach kurzem Flackern ihren hellen Schein in den Raum schickte. Ich schimpfte mich einen Narren, ein ängstliches Kind, verdrängte den Horror so gut es ging und widmete mich meiner Aufgabe. Es schafft Distanz, sich einer Aufgabe zu widmen.

Als ich das dritte Messungsergebnis in die entsprechende Spalte der Kladde eintrug, war da plötzlich ein dumpfes Geräusch. Es kam von draußen. Kein Donnergeräusch. Es hatte sich angehört, als ob jemand oder etwas gegen die Containerwand geschlagen hätte.

Der Puppenmacher. Als Erstes kam mir der Puppenmacher in den Sinn, ein grausamer Voodoopriester aus der Heftchen-Romanserie Dämonenkiller.

Ich verriegelte die Tür und lauschte angestrengt. Die Fernmeldegeräte summten leise vor sich hin. Von draußen kam nichts mehr. Nicht einmal Donnergrollen.

Jens.

Jens?

Wie gut kannte ich ihn?

Wie gut kennt man den anderen nach sieben Monaten gemeinsamen Dienstes bei der Bundeswehr. Wir waren bestenfalls zweimal im Monat zur gleichen Schicht eingeteilt worden. Das Erste, an das ich mich im Zusammenhang mit ihm erinnerte, waren die Fotos, die er jedem ungefragt unter die Nase hielt. Fotos, die ihn mit seiner Freundin Gina zeigten, die in einer Apotheke arbeitete. Gina, eine Frau, bei deren Anblick nahezu jeder Mann »nicht schlecht« denkt und sich dabei mühelos vorstellen kann, Jens' Stelle einzunehmen.

Gina schrieb ihm jede Woche. Einmal hatte sie ihn am Wochenende besucht. Es gab nichts, aber auch gar nichts an ihr, was Anlass zur Kritik gegeben hätte. Ihre sinnlich-erotische Ausstrahlung außer Acht gelassen, zeigte sie sich charmant, humorvoll und äußerst schlagfertig. Das Unglaublichste an Gina aber war, dass sie tatsächlich verliebt zu sein schien in Jens. Sie himmelte ihn an, schmiegte sich bei jeder Gelegenheit an ihn und schnurrte dabei wie ein glückliches Kätzchen.

Jens tat sich wichtig, verdammt wichtig mit seinen Andeutungen über ihre Liebeskünste. Und er prahlte mit einem silbernen Döschen, das er stets bei sich trug. Gina würde ihm dieses Ding mit allen anturnenden Tabletten, die der Apothekenmarkt so hergab, füllen.

»Erstklassige Drogen, total legal«, behauptete er großspurig, »an die kommt man ohne Rezept gar nicht heran.«

Verliebtheit hin oder her, ich bezweifelte, dass Gina ihren Chef hinterging, um Jens mit verschreibungspflichtigen Tabletten zu versorgen. Ich fragte mich immer wieder, was eine Frau wie Gina an so einem Typen finden konnte. Jens machte auf mich den Eindruck des stinknormalen Durchschnittsmenschen. Ein Gesichtsverpickelter mit abstehenden Ohren, Dackelblick und Grübchen am Kinn, wie Schnulzensänger Roy Black, auf den meines Wissens sonst nur hinterwäldlerische Dirndl-Tanten abfuhren. Wie alle Durchschnittstypen faselte Jens ständig von Fußball, Autorennen, Actionfilmen und ähnlichem Schwachsinn.

Warum also Jens? Was war an ihm? Hatte ich womöglich etwas übersehen? Und vor allem: Was war diesem Jens zuzutrauen? War es vorstellbar, dass er die Würfelaktion beeinflusst, ja manipuliert hatte?! Bei klarem Verstand besehen, erschien es unmöglich, fünfmal in Folge eine Wurfvorlage auszugleichen. Es sei denn, man spielte falsch. Dass ich nicht schon eher darauf gekommen war! Ein gezinkter Würfel! Darum hatte er auch stets aus der Hand geworfen. Nur so war es ihm möglich gewesen, den Würfel nach Belieben zu steuern. Seine Zaubersprüche, sein Getue, reines Ablenkungsmanöver.

Er war mir natürlich gefolgt, den Turm herauf, in einigem Abstand gefolgt, damit ich es nicht bemerkte, und vor wenigen Minuten hatte er schadenfroh mit einem Stock oder ähnlichem gegen die Containerwand geschlagen.

Etwas sprach dagegen: Jens war viel zu träge für eine solche Aktion. Wenn es ihm tatsächlich gelungen sein sollte, seine Bequemlichkeit zu überwinden, hätte er es niemals bei einem einzigen Schlag belassen. Nein, soweit kannte ich ihn, das passte nicht zu ihm. Da war er viel eher der spektakuläre Typ mit Geistergeheul und Kettengerassel, mit tiefem Gestöhne und schlurfenden Schritten. Aber es tat sich nichts weiter dort draußen. Stille, totale Stille. Nichts, was das leise, monotone Summen der Fernmeldegeräte im Container übertönte.

Ein Fremder?

Ich trug die restlichen Messwerte zusammen, schloss die Kladde und stellte mich dicht hinter die Tür. Dabei presste ich mein rechtes Ohr gegen die kalte Blechwand. Etwas war dort draußen. Eine kaum wahrnehmbare Abfolge von Tönen, als ob jemand atmete.

Oder der Wind ... machte der Wind solche Geräusche?

Vielleicht gab es für alles eine harmlose Erklärung. Selbst für den Schlag. Ein Ast hatte sich von einem Baum gelöst und war auf das Containerdach gefallen. Nur ein blöder Ast!

In fünfzig Metern Höhe? Gab es da Äste?

Wahrscheinlicher war, dass ER oder ES in der Dunkelheit auf mich lauerte. Wartete. Darauf wartete, dass ich die Tür entriegelte. Dass ich kommen würde ...

ER oder ES mit einer Schlinge in der Hand, einer Axt oder mit anderen Dingen, mit denen Wahnsinnige ihren Opfern gewöhnlich auflauerten.

Ich verfluchte meine Kenntnisse über Gestalten aus der Twilight Zone, über außer Kontrolle geratene Killer, Dämonen, Vampire, Werwölfe, und über den gesamten schaurigen Rest. Musste ich diese Art von Lektüre auch wieder und wieder in mich hineinschlingen?! Hatte ich nicht auf diese Weise das Grauen selbst heraufbeschworen?

Mir reichte jedenfalls die einfache Variante, die von dieser Welt. Mir reichte, wenn es sich um Jens handelte, der feixend auf mein Erscheinen wartete, um mit einer weiteren Überraschung die Belastbarkeit meines Nervenkostüms auf die ultimative Probe zu stellen.

Ich schwitzte wieder stärker. Auf und ab. Es ging auf und ab. Schubweise. Dabei kein Geräusch von draußen.

Nichts.

Keine Antwort.

Und wenn es sich um einen Irren handelte?

Einen irren Killer? Welche Wirkung mochten meine Worte auf einen Wahnsinnigen haben?

Keine! Bisher jedenfalls. Totenstille auf dem Turmplateau. Ein Blick auf meine Armbanduhr sagte mir, dass es schon nach halb eins war.

Bete! Sprich ein Gebet. Das Vater Unser oder etwas in der Art, nun mach schon, forderten diverse Stimmen in meinem Kopf. Meine Finger hatten längst das Kettchen mit dem silbernen Kreuz unter dem T-Shirt hervorgeholt, so dass es schützend vor meiner Brust baumeln konnte.

Wo man singt, da lass' dich ruhig nieder, böse Menschen kennen keine Lieder, flöteten die Stimmen. Es war mehr als albern, geradezu schwachsinnig, aber ich gehorchte dem Ratschlag der Stimmen, und summte ein Lied. Ein fröhliches Lied. Ein dämliches Lied. Viele derartige Lieder kannte ich nicht. Das letzte, an das ich mich erinnerte, sang ich sogar, das heißt, ich bemühte mich. Ich begann flüsternd, wurde dann lauter, ohne dass ich es beeinflussen konnte, es passierte einfach mit mir, bis ich schließlich so laut wurde, dass ich mich fragte, wer singt denn da so laut, und dann erst mitbekam, dass ich selbst es war, der das Lied grölte, es gegen die Containerwand schmetterte wie ein mit Lebertran zugedröhntes Kind gegen die Kacheln des Badezimmers: »Mein Hut der hat drei Ecken, drei Ecken hat mein Hut ...«

Jens stand nicht dort draußen. Das hätte er nicht ausgehalten. Er wäre wohl an einem Lachanfall erstickt. Weiter brachte mich diese Erkenntnis allerdings nicht. Wollte ich nun die ganze Nacht abwarten und singen?

Reiß dich zusammen, sagte ich mir. Du zählst jetzt von der Zehn abwärts bis zur Eins und dann läufst du los.

Zehn – Neun – Acht – Sieben – Sechs – Fünf – Vier – Drei – Zwei – Eins. In einem Ruck zog ich den Riegel zurück und öffnete die Tür einen Spalt. Schickte den Strahl der Taschenlampe bis zur

Treppe. Nichts. Ich riss die Tür auf, schlug sie hinter mir zu und rannte los, jagte die Treppenstufen hinunter und stoppte erst, als ich den Ausgang vor Augen hatte. Erst in diesem Moment riskierte ich einen Blick die Treppenstufen hinauf: kein Verfolger!

Ich wartete, bis mein Atem nicht mehr in brachialen Stößen durch mich hindurchging und bewegte mich dann auf die Diensträume zu.

»Was ist los? Hast du dich verlaufen?« Jens lag auf der Couch. Seine Füße baumelten lässig über den Rand hinaus. Er grinste. Undurchsichtig. Kein Hinweis, ob er grinste, weil ihm dieser Spruch eingefallen war, oder weil er mehr wusste.

Ich legte die Kladde auf den Tisch, steckte mir eine Zigarette an, inhalierte, schloss die Augen und dachte nach. Keiner weiß genau, wie Ideen entstehen und aus welchem Grund sie manchmal spontan in uns auftauchen und ein anderes Mal selbst nach stundenlangem Grübeln nicht einmal ansatzweise. In dieser Julinacht jedenfalls, um kurz vor eins, formte sich zwischen zwei Zigarettenzügen aus dem Nichts diese Idee, beinahe wie von irgendwem eingeflüstert ...

»Lass uns noch einmal würfeln«, schlug ich vor, »wir tun einfach so, als läge die Messung noch vor uns.«

»Du hast ja einen Knall!«, tönte Jens, ohne seine Liegestellung aufzugeben.

»Warum nicht?«, fuhr ich fort und bemühte mich dabei so harmlos zu klingen, wie ich nur konnte: »Sag nicht, du hast Angst? Obwohl du diese Woche das Spielglück gepachtet hast.«

Jens rückte in die Sitzposition.

»Meschugge, der Junge ist total meschugge«, murmelte er vor sich hin. Dann erhob er sich, bedachte mich mit einem mitleidigen Blick und schlenderte zum Wandschrank: »Du willst also tatsächlich das Ganze noch mal haben? Na dann ...«

Er schob den Würfelbecher über die Tischplatte in meine Richtung. »Also gut«, raunte er in die Bewegung hinein, »wir wiederholen die Sache, und wer verliert, geht noch einmal rauf. Es ist zwar totaler Bullshit, aber was soll's. Ich will kein Spielverderber sein. Andererseits muss sich die Sache schon für mich lohnen. Der Verlierer zahlt dem Sieger zusätzlich hundert Mark.«

»Fünfzig!«

»Lass es sein, ich feilsche nicht. Mich interessiert dieser Quatsch wirklich nicht besonders, also hundert oder wir lassen es.«

Ich nickte: »Gut, hundert.«

»Soll ich anfangen?« Jens grinste.

»Nein, warte noch«, tönte ich geheimnisvoll, »ich sagte doch, die Messung liegt noch vor uns, und es soll schon alles echt wirken.«

Noch ehe Jens begriff, was ich damit meinte und einen seiner üblichen Kommentare ablassen konnte, hatte ich mich aufgerichtet, zur Wanduhr bewegt und den großen Zeiger eine gute Runde zurückgestellt. Die Uhr zeigte zum zweiten Mal in dieser Nacht dreiundzwanzig Uhr vierzig an.

Jens verfolgte meine Tat mit einem Gesichtsausdruck, der zwischen »Mein Gott, wie lächerlich« und »Was soll das denn jetzt« hin- und herwechselte.

Kaum hatte ich meinen Platz auf der Couch wieder eingenommen, da kehrte das Gewitter zurück. Seltsamerweise beeindruckte mich das Naturschauspiel dieses Mal nicht besonders. Auch der denkwürdige Umstand, dass es ausgerechnet erneut einsetzte, nachdem ich die Uhr zurückgestellt hatte, versetzte mich nicht in Panik. Vielleicht lag es daran, dass ich diesen Plan verfolgte.

Ich nahm den Becher, holte den Würfel heraus, betrachtete ihn von allen Seiten, wog ihn in der Hand und ließ ihn dann in einer als Missgeschick getarnten Bewegung so zu Boden fallen, dass er unter die Couch rollte. Noch ehe Jens eine Reaktion zeigen, etwa hinterherkrabbeln konnte, war ich beim Wandschrank und hatte der Spielesammlung einen weiteren Würfel entnommen. Ohne seine Zustimmung abzuwarten, beförderte ich den neuen Würfel in den Becher. Mit den Worten: »Dieser hier tut es auch«, schüttelte ich den Becher heftig, bis das quadratische Stück Plastik wiederholt meine Handfläche traf. Dann knallte ich den Becher mit der Öffnung voran auf den Tisch und blickte Jens herausfordernd an.

»Ein schräger Trip, total schräg ist das«, mir schien, Jens' Stimme hätte an Kraft verloren. Eine heisere Verstimmtheit machte es seinen letzten beiden Worten fast unmöglich, die Donnerschläge zu übertönen. Dabei zog er die Beine zum Körper, wie jemand in psychischer Anspannung.

Ich deckte auf: Eine Fünf.

Jens zog sich noch weiter in die embryonale Stellung zurück, und umschlang seine Beine zusätzlich mit den Armen.

»So kannst du aber nicht würfeln!« Ich war überzeugt, dass ich gewinnen würde. Der gezinkte Würfel lag schließlich unter der Couch. Jens wusste, er würde sich lächerlich machen, sollte er versuchen, seinem Zauberwürfel hinterherzukriechen. Und unter normalen Bedingungen war meine Fünf eine gute Ausgangsposition.

Er nahm den Würfel und schob ihn in den Becher. Dieses Mal benutzte Jens tatsächlich den Becher. Dabei ging seine Hand kraftlos hin und her, sodass der Würfel kaum bewegt wurde. Er setzte zum Wurf an und hielt den Blick gesenkt. Sein Gesicht wirkte blass, bis auf zwei hektische rote Flecken auf seinen Wangen, die sich bis zu den Ohren ausgebreitet hatten.

Jens verlor. Mit einer Zwei, einer lächerlichen Zwei.

Die Wanduhr zeigte dreiundzwanzig Uhr und einundfünfzig, als er Richtung Tür schlurfte.

»Den Hunderter vorher«, bemerkte ich, »und vergiss die Kladde nicht!«

Er kramte in seiner Tasche und warf kommentarlos einen zerknüllten Geldschein auf den Tisch.

Kaum hatte er den Raum verlassen, als draußen ein wahrer Wolkenbruch niederging.

Geschieht ihm recht, dem Zauberkünstler. Hatte er doch wirklich geglaubt, mich reinlegen zu können. Ich stand beim Fenster und beobachtete, wie er Richtung Turm hastete, wie er die Tür öffnete – wobei er die Kladde zum Schutz vor dem Regen mit der linken Hand über den Kopf hielt – und wie er schließlich im Turmeingang verschwand.

So macht es am Ende wenigstens noch Sinn, dass er die Kladde mitgenommen hat, dachte ich und beschloss, ihm nachzugehen, nahm den Regenschirm vom Garderobenständer und lief die paar Schritte bis zum Eingangsbereich des Turms. Erst als ich am Klang seiner Schritte ausmachen konnte, dass er tatsächlich nach oben stieg, ließ ich es gut sein und kehrte in die Diensträume zurück. Ich setzte mich auf die Couch, schob die Füße auf den Tisch, schloss die Augen und rief mir allerlei spaßige Sachen ins Gedächtnis. Streiche. Ich blätterte in meinem persönlichen Erinnerungsalbum und hielt beim Bild meines Mitschülers Rolf Schreiber inne, der ahnungslos seinen geöffneten Mund dem Wurstbrötchen entgegen schob, in dessen Mitte ich heimlich einen fetten Regenwurm platziert hatte.

Irgendwann stand ich auf. Keine Ahnung, was mich noch einmal zum Fenster trieb. Ich blickte hinaus und beobachtete, wie der Wind einen Ast vor sich her trieb. Einen Ast, den er von einem Baum gerissen hatte. Das Bild brachte die Anspannung zurück. Ich kehrte dem Fenster den Rücken, legte mich flach auf den Boden und spähte unter die Couch. Keine Spur von Jens' Würfel.

Die Wanduhr teilte mir mit, dass es kurz nach halb eins war. Ich dachte daran, dass ich die Uhr vorgestellt hatte und sah zur Kontrolle auf meine Armbanduhr. Alle Zeiger klebten auf der Zwölf. Meine Armbanduhr war stehen geblieben. Musste passiert sein, als ich auf dem Turm war, etwa zu der Zeit, als der Schlag gegen das Containerdach erfolgt war.

Ich klopfte gegen das Zifferblatt. Keine Veränderung. Ich hätte nicht sagen können, wie lange ich das Zifferblatt meiner Armbanduhr anstarrte. Irgendwann entschloss ich mich, der Wanduhr die gestohlene Stunde zurückzugeben, und ich schob den großen Zeiger auf ein Uhr zweiundvierzig. Sekunden später sah ich die Taschenlampe. Sie lag noch auf dem Tisch. Jens war ohne Taschenlampe nach oben gegangen. Ich warf mich flach auf den Boden und schickte den Schein der Lampe in sämtliche Winkel unter der Couch. Der Würfel verbarg sich hinter einem der Füße. Er war existent. Das gab mir Sicherheit. Zunächst. Für die nächste halbe Stunde. So lange examinierte ich den Würfel. Ein beigefarbener Würfel mit schwarzen Punkten. Kein bisschen ungewöhnlich. Lag in der Hand wie jeder andere auch.

Ich stellte das Spiel nach. Erst meinen Wurf, dann Jens' Wurf. Zweiunddreißig Mal. Erst mit dem normalen Würfel, dann mit dem gezinkten. Wenn ich Jens' Rolle einnahm, warf ich aus der Hand, so wie er es gemacht hatte. Nur ein einziges

Mal gelang es mir auszugleichen. Insgesamt gewann ich siebzehn und Jens fünfzehn Mal.

Ich konnte mir inzwischen nicht vorstellen, dass es sich tatsächlich um einen gezinkten Würfel handelte. Ich glaubte auch nicht daran, dass es einen Trick gab, den ich nicht durchschaute, eine bestimmte Wurftechnik, die mir verborgen blieb. Trotzdem versuchte ich es wieder und wieder, ohne dass sich am Ergebnis etwas änderte.

Zwei Uhr zwanzig.

Von Jens keine Spur, nicht einmal irgendetwas, das als Lebenszeichen durchgegangen wäre.

Ich erhob mich, bewegte mich in Richtung Eingangstür und schob den Riegel vor. Die spaßigen Sachen waren längst aus mir entwichen, wie die Luft aus einem Ballon, der auf einen Nagel getroffen war, einen rostigen Nagel. Die Erinnerung an das kauende Gesicht Rolf Schreibers, dem ein zappelndes Stück Regenwurm wie lebendig gewordene Mortadella zwischen den Zähnen hing, war einem Gefühlsgemisch aus Unbehagen und Angst gewichen.

Ich könnte hinaufgehen und nachsehen.

Ich könnte es auch lassen.

Ich ließ es. Nicht einmal den Türriegel zog ich zurück. Ich dachte an all jene, die dergleichen riskiert und ihren albernen Mut mit einem Riss im Schädel oder komplettem Kopfverlust bezahlt hatten. Da blieb ich lieber. Jens könnte sich schließlich bemerkbar machen, wenn er denn zurückkäme. Seiner Anspielung auf die verschlossene Tür in Verbindung mit meiner übertriebenen Ängstlichkeit, würde ich ganz lässig entgegenhalten: »Meine Güte, ein Versehen, Vergesslichkeit, warum sollte ich wohl sonst die Tür verriegeln?!«

Zwei Uhr fünfundvierzig.

Ich schaltete das Radiogerät an. Wählte eine Lautstärke, die es mir ermöglichte, zuzuhören und gleichzeitig auf verdächtige Geräusche in meiner Umgebung achten zu können. Es gab ein Hörspiel, irgendein Hörspiel, eine Art Liebesgeschichte, was weiß ich. Es interessierte mich nicht die Bohne, worum es ging, aber es beruhigte mich ein wenig, die Stimmen zu hören.

Dreißig Minuten später, ich war wohl in eine Art Halbschlaf gesunken, um genau drei Uhr fünfzehn, war da plötzlich das Geräusch eines dumpfen Schlages. Ein Schlag, der vermutlich gegen die Eingangstür zu unseren Diensträumen erfolgt war. Vermutlich, es ließ sich nicht mehr feststellen im Nachhinein. Ich war mir fast sicher, dass die Tonlage vergleichbar war mit der vor gut drei Stunden.

Nichts folgte auf den Schlag.

Kein Wort.

Kein weiteres Geräusch.

Die Türklinke bewegte sich nicht.

Ich tat drei Schritte von der Tür weg in Richtung Couch und blieb dann stehen. Verfiel in eine Art Schockstarre. Stand einfach nur da und atmete. Bemühte mich, leise zu atmen, so leise wie eben möglich. Der Nachrichtensprecher holte mich um drei Uhr aus der Starre. Der erste klare Gedanke, der sich bei mir einstellte, war: Heute bist du der Typ mit dem Regenwurm im Brötchen. Der Verlierer. Es ist vollkommen bedeutungslos, dass du das zweite Würfelspiel gewonnen hast.

Ich schaltete den Nachrichtensprecher ab und schlich zur Tür. Zum zweiten Mal in dieser Nacht stand ich blöde ängstlich hinter einer verriegelten Tür. Wieder konnte es Jens sein, der draußen stand, oder weiß der Teufel wer.

Vielleicht war das Schlag-Geräusch aus dem Radio gekommen, sagte ich mir. Es gab wohl immer zwei Möglichkeiten, mindestens zwei. Wenigstens musste ich dieses Mal nicht hinaus. Niemand und nichts zwang mich, die Tür zu öffnen. Ich konnte abwarten. Abwarten, bis Jens sich zu erkennen gab. Im Extremfall bis kurz vor sechs Uhr, wenn die Frühschicht anrücken würde.

Scheiß was auf die Vier-Uhr-Messung!

Wirklich beruhigen konnten mich diese Gedanken nicht. Ich glaubte, die verfluchte Unruhe nur loswerden zu können, wenn ich die Flucht nach vorn antrat, Kontakt aufnahm. Frag etwas, kam mir in den Sinn, frag das Monster, was genau es ist und welche Pläne es hat.

Noch ehe ich irgendwelche Worte herausgebracht hatte, entsann ich mich ausgerechnet Jack Nicholsons besonderer Mimik in dem Film The Shining. Solche Personen gaben keine Antwort. Jedenfalls keine zufriedenstellende.

Also ließ ich es mit der Fragerei. Darüber hinaus wollte ich weder beten noch singen. Ich verspürte ebenso wenig den Drang, zu telefonieren und irgendwem etwas zu erklären, das ich nicht erklären konnte. Ich wollte nur noch abschalten. Den Horror abstellen. Aber wie? Ich war der festen Überzeugung, dass jeder, der in solch einer Situation einschlief, quasi schon tot war.

Ein Geräusch weckte mich.
Und Stimmen.
Vertraute Stimmen.
Die Frühschicht.
Ich stolperte zur Tür und zog den Riegel zurück.
Es blieb mir keine Zeit, nachzudenken. Die Tür wurde aufgezogen und Stuffz Walter sowie der Hauptgefreite Klose passierten den Eingang. Im Gefolge einen Spruch, wie ihn der Zuschauer eines B-Films in einer solchen Situation erwarten durfte: »Na, Angst gehabt, dass man dir den Schlaf klaut?«

Natürlich kam der Spruch von Klose, dem Vier-Jahre-Zeitsoldaten Klose.

Keiner lachte. Es lachte nie jemand, wenn Klose versuchte, witzig zu sein. Er war einfach der falsche Typ. Von Kopf bis Fuß selbst ein Witz. Dazu ein verdammt schlechter.

»Jens schon weg?« Stuffz Walters Stimme klang monoton wie immer am frühen Morgen.

»Weiß nicht, hab' ihn nicht mehr gesehen seit Mitternacht, seit er zum Turm rauf ist.« Ich war erstaunt, wie locker ich die Sache rüberbrachte. Lag wahrscheinlich daran, dass ich noch nicht richtig wach war.

»Und, hast du nicht nachgesehen?«

»Bin doch nicht sein Kindermädchen. Außerdem müssen die Diensträume immer besetzt bleiben.«

»Und was war mit der Vier-Uhr-Messung?«

Ich zuckte mit den Schultern.

»Also, sehen wir nach. Klose bleibt hier, du kommst mit!«

Es war schon ungewöhnlich, dass der Stuffz mit nach oben ging. Wahrscheinlich erwartete er, Jens schnarchend im Container vorzufinden oder etwas ähnlich Amüsantes und diesen Anblick wollte er sich nicht entgehen lassen.

Ich erwartete nichts Erheiterndes. Auch wenn es inzwischen taghell und die Zeit für Albtraumgestalten längst verstrichen war. Ich hatte ein verdammt ungutes Gefühl, als ich hinter dem Stuffz die Treppen heraufstieg.

Stuffz Walter trat auf das Dachplateau.

Ich war nur zwei Schritte hinter ihm.

Die Tür zum Container stand offen. Ging im Wind leicht hin und her.

Noch ehe ich einen Blick in den Container werfen konnte, hielt mich die Stimme meines Vorgesetzten zurück: »Lauf runter und ruf den Notarzt an! Schnell!«

Ich lief los. Ohne mich umzusehen, ohne einen Blick auf Jens zu werfen.

Später sah ich ihn im Vorbeigehen, oder besser im Vorbeigetragenwerden. Seine linke Gesichtshälfte hing seltsam herunter.

»Womöglich Schlaganfall«, diagnostizierte der Notarzt …

Schlaganfall? Mit zweiundzwanzig Jahren? Wie betäubt folgte ich den anderen zum Frühstück in die Kantine.

Stuffz Walters nichtssagendes Geschwafel über sämtliche ihm bekannten vergleichbaren Vorfälle war kaum zu ertragen und verursachte bei mir mittelschwere Kopfschmerzen. Und während ich mich fragte, warum ich eigentlich noch hier herumsaß, kam der Stuffz auf das silberne Döschen zu sprechen, das man bei Jens gefunden hatte. Wie nicht anders zu erwarten war, folgte ein langwieriger Exkurs über Zusammenhänge von Tablettenmissbrauch und Krankheiten mit tödlichem Verlauf. Als alle am Tisch die sich ausbreitende Müdigkeit kaum noch niederhalten konnten, klopfte Walter mit dem Teelöffel gegen die Glastasse. Er fixierte uns einen nach dem anderen und schwor bei allem, was ihm heilig war, Jens habe seinen Zustand, noch bevor der Notarzt eintraf, genau einzuschätzen gewusst und sich bemüht, es ihm, dem Stuffz zu erklären.

»Schlag!«, tönte Walter, »hat er mühsam hervorgebracht, »Schlag, die erste Silbe von Schlaganfall.«

Der Stuffz war ein Dummkopf! Ich wusste es besser. Ich wusste, dass Jens etwas völlig anderes zum Ausdruck bringen wollte. Mit »Schlag« hatte er den Schlag gegen das Containerdach gemeint.

Ich war überzeugt, dass er in der vergangenen Nacht den verhängnisvollen Fehler begangen hatte, die Containertür im falschen Augenblick zu öffnen …

Meine Vermutung wurde ausgerechnet von Klose bekräftigt, der wie beinahe jeden Morgen seiner Diensteifrigkeit erlag.

Obwohl er noch an seinem Marmeladenbrötchen kaute, hantierte er mit der Kladde herum, breitete dieselbe schließlich auf dem Tisch aus, und schob sie dann mit dem typischen Schau-mal-was-ich-gefunden-habe-Gesichtsausdruck aller übereifrigen Besserwisser in Richtung Stuffz Walter. Dabei deutete Klose mit dem rechten Zeigefinger wieder und wieder auf eine bestimmte Stelle: »Die Vier-Uhr-Messung fehlt vollständig und von der Mitternachtsmessung hat Jens nur die ersten drei Werte eingetragen!«

Ich nahm die Kladde in Augenschein. Tatsächlich. Meine mitternächtlichen Eintragungen waren komplett verschwunden. Es waren auch keine Spuren ersichtlich, die Anlass zu der Annahme gaben, meine Zahlen wäre mit irgendeinem Tintenkiller entfernt worden ...

Jens wurde ausgemustert.

Die unterschiedlichsten Gerüchte machten die Runde.

Ich ignorierte sie. Ignorierte alles, was mit Jens und dieser Nacht zu tun hatte. Ich nahm meinen Resturlaub und drei Wochen später hatte ich genug damit zu tun, meine verbleibenden vier Nachtschichtwochen vor dem Ende meiner Bundeswehrzeit hinter mich zu bringen.

Fünfmal noch verlor ich das Würfelspiel und musste den Turm hinauf zur Mitternachtsmessung. Ich weiß nicht mehr, wie ich es schaffte. Es ging irgendwie. Ich trug mehrere Kreuze um den Hals und hielt Knoblauchzehen griffbereit.

Mit den Jahren verblasste die Erinnerung an die Horrornacht und ihr mysteriöses Ende, die Schreckensbilder wurden unwirklich wie all die Dinge, die tief im Gestern liegen, aber verschwinden, gänzlich verschwinden, das taten sie nicht.

Stimmen VI

Jens sagt, dass die Toten häufig gar nicht wüssten, dass sie tot wären. Und dann fragt er mich, wie ich mir so verdammt sicher sein könne, dass ich nicht gestorben wäre, damals im Juni 1975 um Mitternacht auf dem Turm von Tiger 42 in Mannheim-Käfertal.

»Alles, was du glaubst, danach erlebt zu haben, geschah gar nicht wirklich. Du und dein gelebtes Leben, angefangen mit der zweiten Würfelrunde bis zu diesem Augenblick, das sind nur Ausgeburten deiner Fantasie. Tatsächlich bist du nie lebend vom Turm zurückgekehrt.«

Herbst sein VII/Outro

Allein mit all den Worten, Sätzen, Geschichten, die noch zu Papier gebracht werden wollen. Nur jetzt die Übersicht bewahren, den inneren Zusammenhang im Auge behalten. Und ordnen, unbedingt ordnen, wo mir doch gerade das Ordnen gewissermaßen zum Feind geworden ist über all die Jahre. Ordnung, Gehorsam, Pünktlichkeit, Neid, Denunziantentum, das gesamte Negativ-Deutsch-Paket eben. Nach oben buckeln, nach unten treten, gern auch in Schwarz-Rot-Gold gewandet. Selbst so mancher PKW trägt beizeiten lächerlicherweise schwarz-rot-goldene Socken über seinen Außenspiegeln.

Auch ich trage Schwarz, allerdings mit nur wenig Rot und komplett ohne Gold, sitze da und denke Buchseiten voll. Manchmal. Häufiger kommt es vor, dass nichts Brauchbares gedacht wird. Schuld sind die Ablenkungen: ein Insekt etwa. Oder Hunger. Oder Durst. Und dann wieder die Blase, die entleert werden will. Später dann erneut Hunger. Einkaufen gehen. Kochen. Essen. Der Abwasch. Die Müdigkeit. Ein bisschen Schlaf muss sein. Aufwachen mit Kopfschmerzen, Schwindel und allgemeinem Unwohlsein. So kann kein sinnvoller Satz geschrieben werden.

Ich gehe mit dem Hund von Lisa spazieren. Mit MP3-Player und Kopfhörern. Die Entenvögel am Teich betteln um Essbares. Auf dem Player läuft Born Yesterday von Rob Dougan. Es berührt mich im dreifachen Sinne: Stimme, Sound und Lyrik. Im

Heute leben, denke ich, schon irgendwie, obwohl nur noch fünfzig Prozent etwa, der Rest steckt im Gestern fest, in der Vergangenheit. Ist eine lange Strecke geworden mein Gestern, ich kann den Anfang schon gar nicht mehr sehen, so lang ist diese Strecke geworden. Und das Heute erscheint mir bisweilen fremd, unnahbar und gefährlich, geradezu extrem gefährlich. Jederzeit mag ein neuer Code entstehen, ein neuer Zugang zur Welt, den ich nicht mehr entschlüsseln kann, und dann werde ich draußen sein, endgültig.

»Heul doch!«, ruft Benno, aber den Gefallen tue ich ihm nicht. Ich schließe einfach die Augen und dann spaziere ich mit ihm zurück zur Wiese nach Wattenscheid-Eppendorf, wo Böser Fury grast. Benno ist wieder Sheriff ohne Sheriffstern und nimmt seine Position am Weganfang ein. Ich, als Indianerhäuptling Winnetou, gehe zunächst weiter, allerdings nicht bis zum Büdchen, ich bleibe in Sichtweite zu ihm stehen und sehe Benno Shatterhand genüsslich dabei zu, wie er sich vor Angst in die Hosen scheißt …

BONUS:

Neulich in der Disko

Ende Januar 2016. Ich bin DJ der 80s-Dance-Night im Bahnhof Langendreer zu Bochum. Seit mehr als zwei Jahren schon. Befremdliche Musikwünsche mitunter. So auch an diesem Abend. Marius Müller Westernhagen etwa.

»Habe ich nicht«, die Antwort kommt automatisch.

Die Frau in ausgebleichten Blue Jeans sagt: »Ist aber Achtziger.«

»Schon auch irgendwie, habe ich aber trotzdem nicht.«

Und dann sagt die ausgebleichte Blue Jeans-Frau, und sie sagt es leicht erzürnt, sie wäre bisher noch auf keiner echten Achtziger Party gewesen, bei der nicht mindestens ein Song von Westernhagen gelaufen wäre.

Ich sage nichts mehr und denke, wenn sie eine Straftat vermutet, muss sie wohl die Polizei holen.

Wenig später kommt ihre Schwester zu mir, könnte jedenfalls die Schwester sein. Vielleicht ist es aber auch die Westernhagen-Frau in Verkleidung. Sie hat sich umgestylt und sieht mit einem Mal aus wie eine in die Jahre gekommene Pippi Langstrumpf auf Speed. Und nun verlangt sie nach einem Sound, bei dem sie so richtig die Sau rauslassen könne. Mein Gott, denke ich, das fehlte mir gerade noch. Ich erinnere mich an die Story, die DJ Rainer mir mal erzählt hat, als bei ihm während eines DJ-Sets eine Frau in die Steckdosenleiste gekotzt hatte und daraufhin im ganzen Laden Sound und Beleuchtung ausgegangen waren. Und dann sage ich zu Pippi Langstrumpf, es wäre mir doch lieber, sie würde die Sau drinnen lassen.

Ende Februar 2016. Die mir fremd gewordene und ach so vertraute Welt nimmt mich wieder auf. Es ist Samstagabend. Einundzwanzig Uhr fünfzig. Ich schleppe mich und meine CD-Kisten zum DJ-Platz. Heute gibt es als Besonderheit eine Nebelmaschine. »Es ist nur eine kleine Nebelmaschine«, wird mir gesagt, »mit ein bisschen Nebel.«

Nun denn, nach meinen bisherigen Erfahrungen glaube ich kaum, dass sich die Leute, die für gewöhnlich zwischen zweiundzwanzig und vierundzwanzig Uhr zur 80s-Dance-Night kommen, im Nebel sonderlich wohl fühlen würden, nicht einmal, wenn es nur ein bisschen nebeln würde. Vielleicht, so denke ich, wird sich jedoch nach Mitternacht auf der Tanzfläche eine Situation für Nebel ergeben. Auf jeden Fall gut, ein wenig Nebel in der Hinterhand zu haben. Manches Mal in den zurückliegenden Monaten hatte ich nach Mitternacht schon gedacht, wenn du jetzt etwas Nebel machen könntest … Aber da ging's nicht. Diese Nächte gingen auch vorbei, aber es fehlte etwas. Etwas Nebel.

Sei's drum. Kurz nach zweiundzwanzig Uhr, die ersten Tänzer tanzen. Es läuft It's A Sin von den Pet Shop Boys, und ein paar nicht mehr ganz so junge Boys und Girls bewegen ihre Körper dazu. Sie haben sich über die Tanzfläche verteilt. Den Raum gut genutzt, könnte man sagen. Ist ja reichlich Platz dort unten, da lässt es sich gut Abstand halten. Ein paar Armlängen auf jeden Fall. Bis halb zwölf denke ich nicht mehr an die Nebelmaschine, obwohl der Knopf der Fernbedienung mich fortwährend giftgrün anblinkt.

»I'm ready for some fog«, morst der Knopf.

Es ist eine englische Nebelmaschine.

Auf der 80s Party gibt es einen Szene-Stammgast, der jedes Mal zum DJ-Pult kommt, um mich persönlich zu begrüßen. Eine nette Geste. Vor drei Monaten jedoch, da kam er zu mir mit ordentlich Pathos in der Stimme und den Begrüßungsworten: »Aber heute nicht schon wieder Anne Clark mit der Langfassung von Our Darkness!«

Ich fühlte mich der ständigen Wiederholung überführt und war darüber derart erschrocken, dass ich den Song glatt zweimal hintereinander aus meinem Repertoire entfernte. An diesem Abend allerdings nicht. Obwohl besagter Gast wenige Minuten zuvor gekommen ist. Da wird er jetzt durch müssen, denke ich. Die Situation in der Disko ist gerade in diesem Augenblick wie geschaffen für neun Minuten Our Darkness. Ein garantierter Tanzflächenfüller. Und er funktioniert auch heute Nacht zuverlässig. Alles richtig gemacht.

Beim Gedanken an den nächsten Track sagt mir mein DJ-Gefühl: Wie wäre es denn mit This Corrosion von Sisters Of Mercy? Wie gefühlt, so getan. Während ich abmische, blinkt er mich noch eine Spur fordernder an, der giftgrüne Nebelknopf, und dann denke ich, wenn nicht jetzt, wann dann, und also drücke ich ihn, den Knopf.

Es rumort ganz ordentlich im Nebelmaschinenkasten. Ich sehe mich genötigt, den Regler für die Lautstärke des Songs bis zum Anschlag hochzuschieben, damit der Lärm, der von der Maschine ausgeht, sich nicht störend in den Chorus mischt, der den Track von den Sisters Of Mercy eröffnet. Meine Erfahrung mit Nebelmaschinen: Je lauter die Maschine, desto weniger Nebel produziert sie. Folgerichtig kommt nur ein ganz klein bisschen Nebel. Könnte auch Giftgas sein, so wie's aussieht. Ist aber Nebel. Nur eben sehr wenig Nebel, und ich spüre, während ich den Knopf der Fernbedienung noch immer gedrückt halte, dass es das auch schon gewesen ist, also nichts mehr hinterherkommen wird. Mehr Nebel schafft diese Maschine nicht in einem Rutsch. Die Wirkung der paar Nebelfäden, die sich mühsam in Richtung Tanzfläche aufmachen, hätte man auch mit einem ausatmenden Zigarrenraucher erzielen können.

Ich hoffe, dass niemand anfängt zu lachen. Es lacht niemand. Gefühlt vierzig Gäste machen sich davon. Äußerst merkwürdig!

Später denke ich, das sind die Spätfolgen des Rauchverbots. Der Partymensch von heute, den es zu einer 80s-Dance-Night zieht, ist die getrübte Luft in der Gastronomie gar nicht mehr gewöhnt, und es packt ihn der Fluchtinstinkt, sobald sich nur der feinste Rauch in seiner Umgebung bildet.

Fazit: Nebelmaschinen lohnen sich nicht anno 2016 auf einer 80s-Dance-Night. Immer schön, wenn man was dazulernen kann, während der Arbeit.

Gruß und Dank:

Claudia
Bianca und Chelsea vom eygennutz Verlag
Peter
Kerstin und Rainer
Andrea, Maximilian und Florian
Carmen und Thomas
Gert Berka
Michael Starcke (R.I.P.)

Klaus Märkert
Schatten voraus
EYGENNUTZ VERLAG 2016
ISBN: 978-3-946643-00-5
9,99 €

Ein Nachthumor-Roman

»Fantastischer Spaß für Leser mit schrägem Humor!«

WAZ, Juli 2016

Vico Salinus & Sascha Petrovic
Exsanguis I
EYGENNUTZ VERLAG 2016
ISBN: 978-3-946643-02-9
12,90 €

Eine unmystische Vampirgeschichte

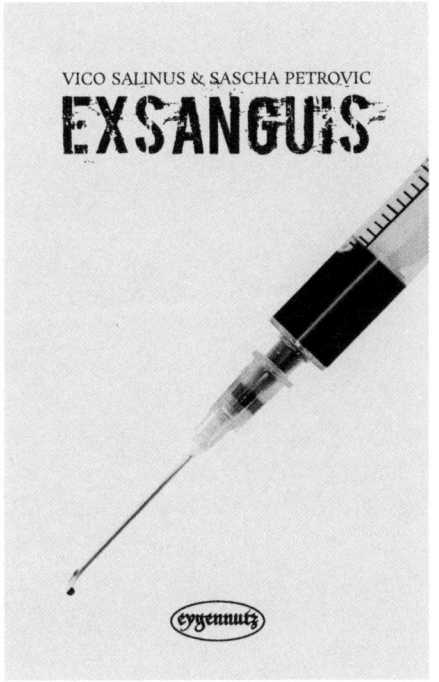

»Wer weder unter Hämato- noch Homophobie leidet, wird diesen kurzweiligen Serienauftakt mit Vergnügen verschlingen!«

Christoph Kutzer, Sonic Seducer (Ausgabe 02/16)